-愛戀✵永恆的星星-

星神魔女

- Counting on Love parallel -

目錄
INDEX

逃避過錯很容易，
真正困難的是面對自己的過錯，
更加艱辛的是面對過錯以後決定的償付與彌補
這個選項最為困難，並且需要很多的勇氣才能執行。

坦承過去的傷痛與錯誤，需要無與倫比的勇氣。
你得先去面對，然後放下，才能夠勇敢的將那段故事說出來。
唯有接受自己曾經犯下的過錯，
人才能跨越過去的悲傷，邁向全新的未來。

Chapter 01

往事不堪回首

秋風瑟瑟，時值入秋，戰族大城附近的山林從翠綠化作楓紅。每當微風吹過，便會在森林中掀起一片楓褐色的葉浪，景色美不勝收。

戰族即將迎來五年一次，連續七日的大型祖祭。

這個家族對於祖祭，有其他家族難以理解的執著與堅持。儘管每年仍有一次小型祖祭，但五年一次的大型祖祭卻是戰族千年以來，凝聚族人團結力量的重大祭典，因此絕對不允許任何人缺席。

與以往的低調模式不同，這一年的大型祖祭，戰族大肆張燈結綵、擺席設宴，鐵灰色的城牆上更是掛滿了紅布與紅旗，呈現出一副喜氣洋洋的樣子。

祖祭日若是高掛紅布，便是意味著族中有重大喜事要宣布或舉行。許多戰族人隱約聽說這是因為族中一位重要人物就要娶妻，卻不知詳情也不知是何人即將娶妻，但那喜慶的氣氛還是感染了每一位戰族人。

自從百年前的「龍滅戰爭」結束以後，科技高速發展，進入大宇宙探索時期，戰族一反過去總是擔當人類先鋒的行徑，蟄伏不出、低調行事。

外界對此有諸多猜測，有人懷疑戰族在「龍滅戰爭」中因為不少強者殞落，族內戰力空缺，所以休養生息；也有人懷疑戰族因為固守舊制而不願前往新世界探索……諸多言論流傳，卻無一得到證實。

然而，了解戰族的人，清楚戰族就如同一隻沉睡的雄獅，正在養精蓄銳，等候轉醒霎時、一鳴驚人的時刻到來。

這一次戰族祖祭不同於往年，氣氛熱鬧，似乎正預示著戰族這頭雄獅將醒之日就要來臨，引來新界各大家族的暗中關注。

可惜戰族祖祭一向除了封城封區，戰族大城也將會罕見的啟動護城符文法陣，遮蔽內部畫面，到時外人便難窺詳情；再加上此時只有戰族人得以入城，其他家族的探子自然也沒有門路好探聽消息。

早在戰族祖祭開始前兩個月，戰族人便正式公告過封城一事，並在祖祭前兩週開始進行封城作業，所有外來的店家一律得暫時歇業至祖祭結束。由於戰族給的補償優渥，外來的店家乾脆將這段時間當成久違的休息日，暫時遠行或前往鄰近大城暫居一段時日。旅客們更是早早就收到提醒，來往數量大大減少，直到封城作業開始，只剩下拿到邀請函的訪客才得已進入戰族大城。

距離戰族祖祭開始還有五日左右，此時的戰族城外已然排滿長長的人龍，大多是由外界趕回

族中準備參加祖祭日的戰族人。戰族人特有的赤紅髮色令人潮猶如一條紅色長龍，向城外綿延而去。

在這長長的人龍之中，卻有少許非戰族人的外族人混雜在排隊隊伍中。

他們有些是與戰族私交多年、感情甚篤的家族受邀者，有些則是某些組織受邀的領導人與幹部，有些則是私下得到戰族高層邀請的來客。

此次戰族對祖祭格外慎重的態度與破例邀請外人參加的舉止，讓不知情的家族不由得揣測戰族這行為的真正目的。

隨著隊伍緩慢前進，負責審核入城資格的戰族護衛迎來了幾位不似其他家族族長或組織成員那樣盛裝前來，而是裝扮輕便、容貌普遍年輕、彷彿前來觀光參訪的外族人。

然而，戰族護衛絲毫沒有表露出任何鄙夷或質疑的神態，能夠受邀的對象一般來說不是位高權重，就是與家族長輩私交甚篤的友人，護衛可不敢輕易得罪。

「您好，請出示邀請函。」戰族護衛畢恭畢敬的請求道。

聞言，隊伍中一位優雅大方的粉髮女子走上前，遞出了一張紅黑雙色的邀請函。

戰族護衛看著那張邀請函，神情一愣。他疑惑又不解的接過了女子遞來的邀請函。這是這名戰族護衛在這幾天審核入城人潮的時間裡頭，第一次看見這種紅黑雙色的邀請函。

為確定邀請者，戰族護衛翻開邀請函看見了函件最末的邀請人簽字，登時神情一肅。

「原來是鬼大人的朋友。抱歉失禮了，請進。」隨後他還不忘交代一位城中的戰族人，示意要對方帶領這一行持著紅黑邀請函的人們前往訪客的招待處。

百年過去，「鬼大人」這個稱呼在年輕一代的戰族人心中已然陌生，就連老一輩的戰族人對這位鬼大人的記憶也隨著歲月模糊了起來。

若非前段時間，「戰神龍帝」親自陪同那位失蹤百年的鬼大人一同回族，引來不少崇拜「戰神龍帝」的族中小輩對鬼大人的好奇，繼而從老一輩的戰族人口中得知了鬼大人曾經的事蹟，年輕的族人們因此才知道，原來家族裡還有那麼一位連「戰神龍帝」都得慎重對待的族中長輩存在。

族內也有傳言，這次祖祭之所以這樣大肆鋪張，似乎與那位闊別百年歸族的鬼大人有所關聯。

穿著輕便的一行人進入了戰族大城，隊伍中不少人似乎是第一次進入戰族大城，正好奇的四處張望，不時因為戰族大城的宏偉而驚嘆出聲。

「這城跟鬼先生給人的感覺好像呢，沉穩內斂但又不失霸氣。」先前將邀請函遞給護衛的粉髮女子環顧著四周，不由得感慨出聲。

「都一樣冷冰冰的。」另一位藍髮女子如是說著。「不過，戰族雖然沉寂了百年，但看樣子並沒有因此落魄呢，跟外界傳言的完全不一樣。」她看著城中仍在持續運作的工坊與店鋪，沒有忽略那些工作中的戰族人們臉上的朝氣與熱情。他們臉上的表情，絲毫不像一個破敗家族之人會有的神情。

一旁有著一張娃娃臉的秀氣男子揚起一抹略帶邪意的笑容，解釋道：「傳言終究比事實誇大幾分。戰族可是將追求戰鬥與成長的堅強信念銘刻在靈魂深處的可怕家族，就算他們沉寂百年，但相信他們甦醒時將會如過去那般，帶給人們無數震驚與驚喜。這都是阿鬼那傢伙千年以來為戰族打下的扎實根基，就算他失蹤百年無法再照拂家族，那已然烙印在戰族人內心深處的戰者之心仍存，這將是戰族往後能再繼續延續下一個五千年的重要關鍵。」

男子的說明，聽得其他幾人驚嘆不已。

一個家族集體的信念與目標，的確是家族存續非常重要的一點。

「支撐一個家族和一個族群一樣，都是累死人的活。哎，還是孤家寡人的好啊，無後顧之憂，要想做啥就做啥，想去哪就去哪。自由自在的多輕鬆呀？」隊伍中落在最後方，一名黑髮凌亂得蓋住眉眼的懶散男子忽然開口說道，卻是不怎麼認同娃娃臉男子那樣的說詞。

「雖然大家都說我那妹夫的確做得很好，但又有誰能了解那樣的疲倦與勞苦呢？支持一個家族實在太累了……」亂髮男子像是想起了什麼，嘴邊不由得浮現一抹帶著淡淡悲意的笑容，卻是隨即隱去。

「還好我已經離開族群了，現在可是無事一身輕，天下任遨遊——這種生活才是真正的自由。我要如哥哥要求的那樣，無拘無束的享受生活，沒有誰能夠束縛住我。」說到最後，亂髮男子嘴角揚起一抹瀟灑的笑容來，卻是一種無拘無束的灑脫神態。

娃娃臉男子白了亂髮男子一眼，卻是笑道：「總有一天，靈風一定也會遇上能讓你心甘情願被束縛的對象，希望到時候你還能繼續保持這樣的輕鬆。」

「放心，我的心沒有誰能夠束縛我，除非對方能許諾我心的自由……我跟某個不想作鷹只想當木頭的男人不一樣。」

「咳咳。」走在粉髮女子身旁的棕髮男子尷尬的咳了幾聲。

粉髮女子又羞又惱的瞪了亂髮男子一眼，「靈風你不懂不要亂下論斷，我哥那是疼愛我才會願意當我背後的支柱好嗎？鬼先生還不是默默守護在君兒背後？你就只說我們而不說君兒他們！」

亂髮男子擺出投降的姿勢，嘴上卻不留情的調侃道：「好、我知道。正所謂成功的女人背後總有一位偉大的男人存在。我也沒說阿薩特這樣不好，相反的我覺得他既然心甘情願，那就沒什麼不好；至於君兒，他們跟你們的關係不一樣，那不能比的。雖說戰天穹會習慣給予君兒守護，但君兒卻也同樣守護著他的心啊，他們是彼此的支柱；不像你們，阿薩特雖然給予妳支持和協助，但大小姐妳總是依然故我的專注自己的成長和工作，經常忽略守護在妳背後的人。」

靈風冷冷一笑，反問道：「至少，在互相照顧這一點上，緋凰妳敢說妳和君兒能相比嗎？」

面對靈風略帶挑釁與責難意思的發言，緋凰臉色僵了僵，用著有些愧疚與窘迫的表情看了身旁表情依然溫柔的阿薩特一眼。

阿薩特不以為意的笑了笑，卻是出言緩和彼此間僵硬的氣氛。「好了，可別在大街上吵起來了。靈風，謝謝你替我說話，但守護緋凰是我自己的決定，我心甘情願。」

「你心甘情願是你的事。」靈風揚脣一笑，「我看不順眼，想要吐槽某位自以為是的大小姐，那又是我的事。」

「誰自以為是了？！」緋凰惱羞成怒。

蘭同情的看了緋凰一眼，果斷的退到隊伍中不發一語，微笑的跟在卡爾斯身旁的紫羽旁邊，遠離靈風和緋凰之間的爭鋒相對。

自從靈風和鬼先生、君兒從異界回來以後，興許因為靈風在異界流浪時，當太久妨礙情侶恩愛的電燈泡了，便以不想待在沒有什麼熟人的戰族為藉口，和卡爾斯一塊回到星盜團，回味一下星盜那種無所拘束的生活。而如卡爾斯過去猜想的那般，靈風很快就和表面溫柔、實則腹黑的阿薩特成了無話不談的好友。

靈風一向最討厭那種總是自以為是的人，再加上他和阿薩特之間的關係，想當然傲慢自信的緋凰就成了靈風最常毒舌調侃的對象。並且因為靈風總是字字刺人、句句直指事實，饒是這百年以來在星盜團裡修煉出一身好耐性的緋凰，還是忍不住經常會被語出尖銳的靈風鬧得滿心火氣。

對此，阿薩特只是微笑以對——他是聰明人，怎會不知道靈風是在從旁推敲、打磨緋凰了？透過靈風每次惹怒緋凰，他便有更多機會可以展現他的溫柔與包容，讓緋凰更愛戀自己一些，何樂而不為呢？

這時，紫羽忽然停頓了腳步，看向戰族大城的城牆，面露疑惑。

「小羽毛怎麼了嗎？」卡爾斯關心的看著紫羽，眼神溫柔。他緊緊拉著她的手心，就怕紫羽一個不小心脫離隊伍，迷失在人群之中。

「卡爾斯哥哥，我好像看到君兒和鬼先生了。」紫羽指了指城牆的方向。

眾人不約而同看了過去。

城牆上，一對男女的模糊身影正並肩走著，似乎在進行談話。

隱約間，可以看出女性有著一頭及臀的黑色秀髮；另一位男性則是赤髮披肩，穿著一身風格獨特的紅黑雙色長斗篷。

看著男性身上的穿著，卡爾斯立刻認出了對方便是此次邀請他們前來參加戰族祖祭日的邀請人——戰天穹。

這一次，卡爾斯同時收到兩封來自於戰族的邀請函，一份是戰族邀請「冥王星盜」與「黑帝斯星盜團」出席的邀請函，另一份則是戰天穹私下的邀約。

身為戰天穹的至交好友，卡爾斯自然是選擇接受他的私人邀約，以友人的身分赴約。

「嗯，是阿鬼和君兒沒錯。」卡爾斯給出了肯定的答案。

紫羽臉上全是渴望見到好友的激動，她搖晃著卡爾斯的手臂，眼神裡有著期待。

「卡爾斯哥哥，我們過去找君兒他們吧？」

卡爾斯卻是搖頭，「他們似乎有什麼話要談，我們還是別去打擾他們了。反正晚點就能見面了，不急於一時。我們走吧，先去招待所放行李，然後去逛逛戰族。這裡可是有很多戰族特有的特色小吃，既然機會難得，一定要品嘗看看。」

卡爾斯很清楚，戰天穹三人在異界流浪時，以戰天穹那種悶騷的性格，是絕對不會在有外人在場時，向君兒講述自己的私人事情。可以說，雖然在異界流浪時有靈風協助尋找歸鄉之路，但也因為靈風的存在，等同於戰天穹完全沒有任何機會與君兒獨處以及坦承私事——眼下他們在回歸新界以後終於能夠獨處，還是別去打擾了。

「就是不知道白金大人他們來了沒有。還有、希望羅剎有好一點了……」卡爾斯輕輕一嘆，拉著紫羽，帶著她繼續前進。

靈風望著城牆上的兩人身影，露出一抹不知算哭還是笑的笑容來，也是語出勸說：「我們還是先去招待所吧。現在我可不想再當電燈泡了，雖然妨礙情侶恩愛很有趣，但日子久了也是一種折磨啊。」他像是想起了什麼不愉快的經驗，忍不住縮了縮肩膀，快步跟上了在前頭引領他們前進的戰族人腳步。
「唷，原來靈風也有害怕的事情啊？」緋凰在看見靈風提到某人時臉上有著顯而易見的畏縮神情，原先因為靈風毒舌而有些不滿的心情頓時平復了許多，可惜這件事無法成為她應付靈風的把柄，讓她感覺有些可惜。
靈風沒忽略緋凰這句滿懷貶意的話語，逕自走到阿薩特身旁，和他勾肩搭背，笑說：「阿薩特我們走，聽說戰族釀的酒不錯，我們來去品嘗看看。老大，要喝酒嗎？」
拖一個人下水還不夠，靈風不忘回頭衝著卡爾斯發問。
卡爾斯咧嘴一笑，說道：「等等帶你們去一個地方，那裡的酒可是少數我喝過最難以忘懷的甘醇。」
「哥、你不能喝酒！」緋凰趕緊追上去拉住阿薩特，臉色緋紅的警告出聲：「你每次喝酒都、都……不管啦，你不能喝酒！我不准你喝！」
「嘖嘖……妳又還沒嫁給阿薩特，管他那麼多幹嘛？」在一旁的靈風皮笑肉不笑的調侃出聲，「等妳願意點頭嫁給他時再來管他喝不喝酒吧。」
緋凰臉色又羞又惱的衝著靈風大聲喊道：「我管我哥有什麼不對？靈風你不要一直帶壞我

哥！」

一行人彼此互相調笑的身影消失在人群之中。

＊＊＊

君兒陪著戰天穹緩步走到戰族大城外圍的城牆上。兩人一邊沉默的繞著高聳的城牆行進，一邊俯瞰整座戰族大城。

戰天穹神情複雜的看著與記憶不同的戰族大城，輕輕一嘆。許多他熟悉的人事物已然因為歲月交替與世代變化而消失了，取而代之的則是新的、陌生的人事物，讓他的內心微泛滄桑之感。

君兒見他嘆息，便主動走上前牽住了他的掌心，微微一笑。

「雖然物是人非，但你還有我。」君兒臉上只有溫柔。

戰天穹看著君兒未曾變化過的溫柔笑容，惆悵的心情逐漸被溫暖取代。

在那段和戰天穹與靈風一同流浪在異界的時間裡，似乎是因為他們的靈魂並不屬於那個世界，所以他們的時間都停止在被吸入黑洞以前。

那個異界的時間計算方式與新界不同，君兒的容貌依然停止在昔日芳齡十九的那一刻，直到回歸新界以後，君兒的時間才重新開始轉動。

巫賢判斷，或許是因為他們並非異界之人，所以才不受異界時光流逝的影響。

但那段歲月的淬鍊，讓君兒本來耀眼的堅強轉為內斂，將那一身堅韌化作了如水溫柔，讓她的神態越發成熟。異界艱苦流浪的日子，讓君兒和戰天穹的感情更加深刻，連帶也使得戰天穹和靈風成了莫逆之交。

戰天穹唯獨對當時靈風這個大燈泡妨礙他和君兒談感情而有所埋怨外，兩人的關係可比許久之前和緩親近了許多。

或許，是因為靈風對自己已逝兄長靜刃的歉意情感，令戰天穹不由得想起了自己的兄長吧……

也因為三人在相隔百年以後終於得以回歸，戰龍在驚喜之餘，決定要趁著隨後緊接到來的戰族大型祖祭上，順勢替戰天穹與君兒這對愛侶舉辦延遲了許久的婚禮，並且同時宣布另一件重要的事情。

只是，在長達七日的祖祭就要正式開始之前，戰天穹卻邀約君兒單獨漫步在戰族大城的城牆上，神情有些躊躇、有些猶豫，似乎在掙扎些什麼。

戰天穹感受到掌心傳來君兒的手心溫度，忍不住想起在異界流浪的那段時日裡，他們一同經歷的那些困苦與危險的時刻。

在那截然陌生的世界裡，他們幾乎沒有得以喘息的一刻，只要睜開眼就是趕路與不停的尋覓；偶有難得可以休息的時候，也礙於靈風這個超級大燈泡在，讓戰天穹有許多想要對君兒傾訴的話語始終沒能說出口。

這樣一路拖著，直到今日，戰天穹還是沒能將自己內心最深、最痛的那段故事，對愛人坦承說出。

眼見兩人終於要步入禮堂，戰天穹覺得有些事情還是得讓君兒知道比較好，這也是他今日找君兒出來談話的主要目的。只是不知為何，每當他望著君兒那雙綴滿星星的溫柔黑眸時，話到了嘴邊，總會鬼使神差的談起了別件事情。

或許，他的內心深處仍在害怕要揭露那段黑暗過往吧。

坦承過去的傷痛與錯誤，需要無與倫比的勇氣。他原以為自己已經準備好了，但沒想到還是……

戰天穹嘴邊揚起一抹帶有自嘲意味的笑意。

察覺到戰天穹的掙扎心情，君兒沒有追問，眼裡只有體諒與包容。

「如果天穹還沒準備好的話，就別勉強自己了。往後我們有很多時間，你不需要現在就強逼自己去面對那些傷口。」

戰天穹靜靜的遠眺戰族大城，看著城中車水馬龍以及各處高掛紅布的景象，在內心經過一番猶豫以後，眼神轉為堅定。

「君兒，陪我去一個地方吧。不過在那之前，我想先去買些酒。」

酒……

君兒聽見這個字詞，不由得有些心驚。

戰天穹是個滴酒不沾的男子，僅因他覺得喝酒誤事。雖然隨著實力增長，他完全可以憑著星力化解酒水中那能麻痺神經的酒精，卻還是從來不曾飲酒過。

看樣子戰天穹已然下定決心要進行某件事，否則他不會提出這樣的要求來。

君兒淺淺揚笑，問道：「要我陪天穹喝嗎？」

「……不用。君兒得保持清醒，準備在我酒醉以後替我收拾善後了。」戰天穹臉色窘迫，顯然想起了自己醉酒後的糟糕模樣。「其實，我的酒品很差，希望到時候不會嚇到妳。」

「好。我還沒看過天穹喝酒醉的模樣呢，真好奇會是什麼樣子。」君兒看著戰天穹臉上難得的窘迫表情，不禁噗哧一笑，同時忍不住好奇起了行事沉穩的戰天穹醉後會是怎樣一副狼狽模樣。

戰天穹尷尬的的回道：「還是不要期待比較好。」

兩人相伴走下了城牆，隨意在戰族大城裡買了幾罈老酒，便朝著戰族城外的後山走去。

此時，戰族大城附近的區域已經全部封鎖，戰天穹向在大城後山路道上的戰族護衛打了聲招呼以後，不受任何阻撓的帶著君兒走上了杳無人煙的後山小路，這裡也曾是兩人互相坦承心意的地方。

君兒頰畔微微泛紅，想起了昔日告白那時的甜蜜羞澀。只是當兩人隨後更深入後山，她卻開始感覺到戰天穹的異常。他緊握著她掌心的力道之重，讓她可以深刻感覺他的緊張。

「如果你沒辦法獨自面對，我會陪你回顧那段過去。就如同你以前對我的守候一樣，這一次請讓我成為天穹的守護吧。」

「……妳可能會聽見許多妳不知道的腐朽、骯髒與醜惡的事實，這樣妳也能繼續愛著我這個人嗎？其實，我沒有妳想像的那麼完美。」戰天穹仰望蒼穹，內心因為思考著要如何對君兒開口坦承那段過去，而泛著酸楚與沉痛。

君兒的表情沒有變化，眼神清澈，「我既然能接受天穹黑暗面的噬魂，我也會一同包容你過去的黑暗。無論過去的你是個怎麼樣的人，而且那些都是組成你這個人的重要經歷。如果沒有過去的那段過往，或許天穹也不會變成像現在這麼溫柔的人了吧。」

「溫柔嗎？過去的我可不是這樣的人呢。」戰天穹自嘲一笑：「過去的我是個自以為是、傲慢狂妄、自私自利的人——那時的我，可是糟糕到令人難以想像的地步。」

「但天穹不能否認，如果你沒有過去的那段經歷，現在的你也無法成長為此時這個堅強成熟的自己吧？」

「妳說得沒錯……正如噬魂在和我融合之前說的，黑暗是組成光明的一部分。否認與抗拒沒有意義，唯有接受自己曾經犯下的過錯，人才能跨越過去的悲傷，邁向全新的未來。」

戰天穹這句話就像說給自己聽似的，過去噬魂曾說過的話，還有君兒的鼓勵，全都是他堅定自己信念的關鍵。

「君兒知道我還有一位兄長嗎？我是次子。」

君兒點頭，卻是不知詳情。「知道，但天穹以前似乎不想多談，所以我也沒問過。」

「我那一代的戰族子孫是天字輩，所以我父親以『蒼穹』的『穹』一字為我取名『天穹』；另外，我上頭還有一位兄長，取『蒼』一字，名『天蒼』，戰天蒼。」

戰天穹提起兄長的名字時，眼神中某種沉重的情緒蔓延。

君兒靜靜傾聽。她沒有忽略戰天穹在言述那段她未曾了解的過去時，臉上的痛楚與深刻的哀傷，這讓她不由得緊了緊握著戰天穹掌心的手。

「跟當時充滿缺陷的我一比，兄長簡直就是完美的代言詞。他人斯文充滿智慧、談吐溫文儒雅、體恤下屬族人、充滿人格魅力，讓諸多長老與當時身為戰族族長的父親都很是賞識。就連幼年時期的我，也非常崇拜與羨慕那樣的兄長。」

兩人並肩走著，深入罕有人跡的蠻荒小徑。一路蜿蜒，岔路連連，戰天穹熟練的帶著君兒朝著一條因為少有人來往而顯得草葉茂盛的小路前進。

「只是長大以後，我發現無論我做得再好，父親的目光也不會分給我一些。父親始終看著兄長，為兄長的成就而欣慰、為兄長的成功而讚嘆；至於我，就像是被父親忽略了一樣，我永遠都是被父親冷眼以對的那個人。我開始嫉妒我的兄長……族人欣賞他、父親青睞有加，他交遊廣闊、倍受信賴；相反的，當時的我跟兄長一比，簡直就是雲與泥的差別，他是雲，我是泥，而且還是那種腐臭的爛泥。」

「現在想起來，我之所以會那樣嫉妒兄長，全是因為我內心自卑吧……兄長的光輝將我的黑暗照得一清二楚，讓我無地自容。」

君兒不喜戰天穹這樣貶低自己，但她知道他正在回想，便沒有打斷他的發言，只是微微蹙起了眉。

在談話間，他們來到小路末端一片爬滿藤蔓與青苔的岩壁前，戰天穹讓君兒在一旁稍等，自己則是熟門熟路的走到岩壁一處，啟動了什麼隱蔽的機關。

岩壁閃過隱晦的符文標誌，兩人面前隨後敞開一條只能容納一人進入的小縫。

戰天穹拉起君兒的手心，兩人一前一後走了進去，入口隨後關閉。

裡頭是一座隱藏在岩壁內部的古老長廊，從兩側牆面上頭的斑駁與濕痕看來，顯然已是年代久遠。

戰天穹走進長廊以後便不再言語，氣氛有些低沉，能夠令人深切感覺到他心頭的壓抑。

長廊末端是一座直通上方的螺旋階梯，兩人前後踏上。腳步聲迴盪，傳來陣陣回音。

漫長的螺旋式階梯彷彿直通天際，一路攀升。當見到階梯末端灑落的光輝、遠遠就能聽見清脆的鳥鳴時，君兒明白似乎就要到達今天戰天穹帶領她前來的目的地了。

兩人穿過階梯末端爬滿藤蔓並開滿繁花的拱門，便接著來到一處鳥語花香的隱蔽山谷之中。然而最引人注目的是山谷中心的一塊深色巨石塚，巨石塚將近兩公尺高，似乎是由一顆落石直接打磨而成。

巨石塚上頭以蒼勁字跡刻著一句話：

若戰族一日無人踏足星神級，吾將永生永世不歸祖譜，戰族人亦不可承認吾「凶神霸鬼」之名——戰天穹。

君兒一眼便認出上頭刻著的蒼勁字跡是出自於戰天穹之手。

看著巨石塚上頭的內容，不免讓人感到幾分蕭瑟與心酸無奈。君兒心疼的看了戰天穹一眼，思考他當時是用什麼樣的心情刻下這些字句的。

君兒輕輕一嘆，偎進了戰天穹懷裡，陪他一起沉澱心情。

戰天穹看著巨石塚，神情有些恍惚。這塊巨石塚讓他不由得想起了當時自己在銘刻下這段文

字時的決然與痛苦，想起了自己曾經犯下的罪，想起每一次來到此處，看著這座巨石塚時的黯然傷悲。

看著巨石塚上頭的字跡已然因為時間而變得模糊，他幾乎是下意識的探手就想利用星力再次將字跡重新刻劃得清晰。

只是，戰天穹卻忽然停頓了動作。他猛然想起當自己終於回到新界時，戰龍虎目含淚對他說出的驚人發言——

「爹，我已經達到星神級了，我在等你回來，要在祖祭上宣布你的身分，將你的名字寫回祖譜上。」

戰龍當時又是驚喜又是激動的說出這句話。

「我不想要你再背負那些愧疚和自責，請你放下過去的傷痛，以完全完整的自己迎娶君兒吧。這一次，戰族將會對外承認你的戰族身分……已經沒有人責難你千年以前的過錯了。」

「請你……原諒自己。往後，戰族由我來守護下一個五千年。」

在戰天穹失蹤以後，百年以來哪怕沒了外敵威脅，戰龍卻還是死活賴著星神級的巫賢要求指點修煉，最後更是閉死關，表明不到星神級不出關的決心。

戰龍始終沒有放棄過相信戰天穹一定會回來的信念。他之所以那麼努力，就是希望能趕在戰天穹回來之前，完成戰天穹心裡的一份牽掛。其中甘苦誰人能知，但戰龍硬是撐了過來。雖說他與戰天穹沒有直接的血緣關係，但骨子裡卻繼承著戰天穹對於某些事物的執拗與堅持。

所以，戰龍最後成功了，儘管付出了無比慘痛的代價與心血，但戰龍終於完成了戰天穹昔日刻寫在巨石塚上頭的要求。

出關以後，戰龍一直要戰族按兵不動，好等待戰天穹歸來。

哪怕因此拖延了戰族開拓宇宙疆域的機會，哪怕因此失去了許多獲得精良資源的機緣，他始終壓制著戰族的發展，就為了在戰天穹回來時，戰族人能夠以最快的時間聚集，並且向所有的戰族人宣布這件重要大事。

若能讓家族的人明白，那百年以前為終止「龍滅戰爭」而投身黑洞失蹤、那鎮守新界五千年不受異族侵犯的英雄「凶神霸鬼」，就是他們戰族人之一，那會是多麼榮耀與輝煌的一件事！

哪怕過往充斥陰暗，但「凶神霸鬼」為人類所做的一切卻無可抹滅！

是時候該讓「凶神霸鬼」正名了。

戰龍懷抱著這樣的思想，並且得到了戰族長老們的認同，於是戰族開始了長達百年的蟄伏等候……

當時聽到戰龍的發言，戰天穹說不震驚是騙人的。

昔日他之所以在石塚上刻下這段文字，其實是給自己一個得以解脫與自我原諒的理由。哪怕當時的他知道要達成這樣的要求十分困難，但內心一角還是存有期許……希冀著，某天有人能夠完成一直以來父老最深的願望——帶領戰族走向輝煌。

他過去親手葬送戰族一段輝煌的時日，哪怕耗費千年也要將家族撐起，但心中那份愧疚卻難以抹滅。

沒有誰不希望別人能原諒自己曾犯下的過錯，他也不例外。

唯有戰族重新擁有一位星神級的守護神，能夠再庇護戰族千年，他才能放下對戰族的牽掛，才能真正的放下心中罣礙。

或許，他真的可以原諒自己了吧？

戰天穹看著巨石塚上頭的字跡，眼帶複雜。他收回手，帶著君兒繞過巨石塚，順著一處打理整齊的花卉小道，來到了山谷一處的懸崖邊。

懸崖邊矗立著一座灰石平台，平台中心豎立著一座白玉長石碑，上頭刻寫著四個大字——

惡鬼罪塚。

戰天穹語氣沉重的低聲說道：「這塊『惡鬼罪塚』上頭，刻著的全是被我殺死的戰族人姓名……」

他走向前，將先前買來的酒與酒杯拿了出來，倒了幾杯酒放到了石碑面前。隨後他站在白玉碑前方，表情沉痛的注視著白玉碑上頭刻著的其中一個名字。

君兒靜靜的佇立在他身後，無語陪伴。

「『戰皓宇』，這是我父親的名字。」戰天穹顫抖著指尖，觸上了那刻在白玉碑上，並以墨黑染料書寫的姓名。

而在「戰皓宇」這個名字的旁邊，「戰天蒼」的名字赫然在列。

這是戰天穹最深、最重的罪。是他千年以來沒能原諒自己的主因。

他殺了自己的父兄。

無論理由為何，自願或非自願，弒親之罪永遠都是世人不能體恤與諒解的深刻重罪。

「我曾經，很恨我的父親……我恨他，為何，從來不願正眼看我一眼……明明是同一位母親所生，兄長卻能得到父親的關愛與鼓勵，我得到的卻只有責罵與嫌棄？我也恨我的兄長，為何他奪去了父親的所有關注？」

戰天穹挺拔的身子顫抖著，不難看出他壓抑的心情。

他聲音低沉粗啞的講述起他的曾經，那個他之所以成為惡鬼的黑暗過去。

「從我幼年開始，父親從來沒對我笑過。他對我始終只有要求，每當我完成一個要求以後，等著我的卻是更多更加苛刻的要求……我只能不停的努力去達成父親的要求，以為這樣，就能換來父親讚許的目光……」

Chapter 02

愛之深，恨之切

至今約五千年前，舊西元時期末期。

當代正處於符文科技的巔峰時期，而人類還未發現冥王星上的時空大門。

「星力修煉」的技巧在當時已於人類社會中公開流傳，但真正認真研習的卻是不多，多數人僅僅將之作為強身健體的法門。

唯有少數家族格外喜好與擅長這類型的修煉方式，並認知到這或許是人類未來的主流，便率先所有人一步，排除眾難，要求家族集體開始進行星力修煉。

戰族就是當時率先進行星力修煉的少數家族之一。

在一段時日的努力之後，戰族展現了其家族在修煉上無與倫比的學習能力，躍升為當時的幾大強族之一。戰族的成功，不僅勉勵了那些和戰族一同決定要進行修煉的家族，也鼓舞了許多當時名不見經傳、想帶領族人步向輝煌的家族加入修煉的行列。

可儘管後起雄才諸多，卻無人能超越當時戰族的位置。

而修煉，自此成了每一位戰族人在出生以後必須研習的重要課題之一。正如他們的姓氏所代表的意義一樣。

舊西元時期末期，原界的某處殖民區中，一處屬於戰族的家族據地裡頭。

寬敞的練武場上，人人滿頭大汗的進行著修煉。只是在全是成年人的訓練隊伍中，一位跟著眾人一同修煉的年幼男孩顯得格外突兀。男孩可以說是全族裡唯一一位破例跟著成年人隊伍一同訓練的年幼存在，且還進行著和成年族人同樣的訓練進度。

仔細一看，可以發現男孩雖然大汗淋漓，卻是一絲不苟的跟著其他成年族人一起將一些艱難且要求嚴苛的訓練動作如實完成。男孩的動作可說是連負責指導眾人的長輩都暗嘆完美，就連他身旁的族人們，都不由得為了男孩的努力與堅強感覺汗顏。

無形間，眾人不由得因為男孩的存在，而升起想要更加努力成長的信念。

就連族長的兒子都這麼努力了，他們怎麼能不努力？

這位男孩，便是現今戰族族長的次子——戰天穹。

小小年紀的他，擁有著比成年人更堅忍不拔的意志力，自幼便展現了超乎常人的戰鬥天賦與才能，並且在父親嚴苛至極的要求下不停的飛速成長。還未十歲，幾乎就擁有媲美青少年族人的實力，甚至還能與成年人久戰不落下風，唯獨礙於年歲，在經驗與體力上不如成年人；但相信待他成長起來，戰族內部怕是無人能敵。

已經有戰族長老預言了此子日後必成戰族一方棟梁，人人都向這位自幼便刻苦修煉的族長之子看齊，並且對戰天穹懷抱著諸多期許與盼望。

但對此時的戰天穹而言，修煉並非為了家族，他只是單純的想要完成父親的交代，希冀父親能夠像其他家庭的父親一樣，給予他慈愛的關心……

戰天穹以為，就因為自己肩負著「族長之子」這樣的稱呼，所以父親對自己才會那麼嚴苛；他以為，就因為自己擁有才能天分，所以父親為自己設立的目標才會如此困難。

只是偶爾他也會困惑，為何兄長不用訓練，卻總是能讓父親揚言歡笑？

但幾分思考後，戰天穹總會認為是因為自己不夠好、不夠努力，所以才沒辦法博得父親一笑。

戰天穹的母親因為生他時難產而死，儘管有奶媽照顧，但戰天穹依然嚮往著血親之間的親情溫暖，所以打從有意識開始，他便無所不用其極的希望能使父親開心。

但父親對他始終只有冰冷的要求。

戰天穹只得一次又一次的想盡辦法去完成父親的要求。哪怕弄得自己渾身是傷、鮮血淋漓，他也從來沒有喊過一聲疼，沒有過一絲想要放棄的念頭，他只是堅持，只有堅持。

就算父親的要求因為他不停的完成一回又一回的任務而變得更加艱困刁難，他仍始終堅持著修煉，他相信終有一日父親一定能像對待兄長那般，對自己揚起欣慰與欣賞的笑容。

當天的訓練結束後，其他參與訓練的族人都已經累得像灘泥一樣，喘息不止。而與眾人一同訓練的男孩更是如此，他還年幼，雖然實力增長飛速，但體力終究不比成年人。

此時的戰天穹幾乎連站都站不穩，卻還是堅定的邁開蹣跚的步伐，向族人告別，直往族長所在的辦公處前進。

在這一路上，不時有族人用著欣慰與感慨的神情向他打招呼，可惜卻沒能換來戰天穹的一絲注意——他一心一意只想趕去向父親報告自己又達成了訓練要求，沒有注意族人眼中有著他一直嚮往的欣賞眼神。

或許對他而言，旁人的欣賞終究不如父親的欣賞那麼重要吧。

因為，那可是他在這個世界上，僅存血親的欣賞青睞呀……其分量，遠高於其他。

「父親，我完成您交代的功課了！」

赤髮的男孩一臉興奮的奔進了族長辦公室，向裡頭正在忙碌公事的族長父親轉達自己圓滿達成任務的激動之情。男孩眼中的期盼，不難看出他正期許著父親能夠讚美自己幾句。

只是相較於戰天穹的熱血與激動，他的父親在聽見他完成目標以後，臉上表情絲毫沒有變化，唯有冷漠與疏離而已。

「明天開始，先前的訓練內容加重三倍，沒完成之前不要來煩我。」戰皓宇語氣冷酷的丟下新的指示，令戰天穹本來滿懷激動之情的臉色僵了僵，最後轉為消極失落。

「……是的，父親。」戰天穹淡淡的回道，低垂眼眸，掩飾自己眼中的失落，同時緩步走出辦公室。

他的腳步有些虛浮，可見得先前的訓練對他而言有多艱辛，令他幾乎全憑著一股意志力勉強自己前來尋找父親。但儘管他內心消沉，卻仍然沒有倒下——僅因父親不喜歡懦弱倒地的他，所以他哪怕雙腿顫抖，也要強忍牙關，死死撐著不讓自己倒下。

戰天穹的臉上有著顯而易見的難過與消沉。他腳步踉蹌的走在前往練武場的族中道路上，不經意的巧遇一位模樣與他相似，卻年紀稍長的俊朗少年。

少年迎面而來，一見男孩似乎要走向練武場，忍不住面露訝異。

「天穹，你要去哪？」少年關心的問道：「這條路不是要去練武場嗎？現在大家都已經結束訓練了，你不回去用餐、休息嗎？」

戰天穹勉強一笑，不經意的迴避了少年滿懷關心的眼神。「父親還不滿意，所以我想要再去練習一下。哥，我先去忙了。」

這名俊朗少年便是戰天穹的兄長，戰天蒼。

戰天蒼面色愕然的看著神情黯淡的戰天穹，語氣驚訝：「我聽負責指導訓練的族人提到你今天圓滿的完成了訓練，為何你又要……？」

他像是想到了某件事，目光閃了閃，沒有將話說完。

戰天蒼清楚，或許父親又向自己的幼弟開出新一輪的艱困要求，才會使得天穹面色消沉的又想回去訓練吧？

「天穹，別一直將自己逼得那麼緊，父親他對你期望很高，只是你還小，別訓練到身體出問題了，凡事要量力而為，知道嗎？」

戰天蒼語出關懷，只是他說的這句話有些言不由衷。他很清楚父親對天穹有的不是期望，而是其他更為深沉負面的情緒，這令他看著戰天穹的眼神有著旁人難解的複雜與深沉。

不知為何，戰天穹非常不喜歡兄長在關心自己時，眼中那令他有些壓抑與慌張的深沉情緒。

不明白兄長的眼神意思為何，他隨便應了一句，便向兄長告別離開。

戰天蒼目送戰天穹離去，內心沉重。他不是不清楚父親為何會對他們兩兄弟這樣差別待遇的原因，只是，雖然他對戰天穹的心情同樣複雜，卻不如父親走向了另一種極端。

「母親，如果妳還在的話，或許天穹和父親之間的關係就不會這麼僵硬尷尬了吧？」

戰天蒼輕聲一嘆後，走向了族長辦公室。

坐在辦公桌後頭忙碌的戰皓宇一見到自己最疼愛的長子走入屋內，立馬露出與面對戰天穹時截然不同的慈愛表情。

「天蒼，回來了？」戰皓宇欣慰的看著那眉眼與愛妻有幾分相似的俊朗少年，心裡只有滿滿的溫和與親切。

「父親，天穹他不是……」戰天蒼開頭就想詢問父親關於戰天穹的事情，沒想到當他提起弟弟的名字時，便看到父親的神情瞬間冷下。

戰天蒼有些忐忑，但他繼續將話說了下去：「不是已經完成訓練了嗎？要知道那已經是連成年人都負荷不了的訓練了，再這樣下去，不知道天穹能不能承受得住……訓練也是要有一個界限的，父親。而且，天穹他現在才九歲……」

一個九歲的孩子，就被要求進行成年人才負荷得了的嚴苛訓練，其中的甘苦連其他戰族人都看不下去，但年幼的戰天穹卻還是一次又一次的在那艱困的訓練中支撐了下來，展現出了無與倫比的堅強與韌性。

然而，這並不是戰皓宇對年幼的戰天穹有多少期望，而是唯有如此，他才能盡量讓戰天穹遠離自己的視線，減少看見戰天穹的時間。

每每見到戰天穹這個孩子，總會讓戰皓宇想到為了生下這個孩子而難產死去的妻子。一想到因為這孩子，自己的愛妻因此付出了寶貴的性命……這讓戰皓宇對戰天穹又愛又恨，直到最後，乾脆選擇冷漠對待。

久而久之，這樣的冷漠成了一種可怕的習慣……麻木了人心，抹滅了親情。令戰皓宇看待自己么子的目光，彷彿陌生人一般的冰冷。

「天蒼，別提了，我自有打算。」戰皓宇冷淡回道。隨後，他慈愛的關懷起戰天蒼的學習狀況：「今天你去學校學習的如何？還有，上次我要求你進行的課題，你進行到哪一步了？」

不同於對待戰天穹的嚴苛，戰皓宇對待戰天蒼顯然溫和了許多，並且經常採取鼓勵與支持的態度。他對待兩兄弟的反差態度，直讓人感受其更偏愛哥哥戰天蒼。

「父親，今天的課程我又學到很多……」

戰天蒼沒有繼續詢問戰天穹的事情，明白父親不喜歡聽他討論天穹，他也不會刻意去惹怒父親，便順著父親的意思，談論起了今日的學習狀況。

而戰皓宇和戰天蒼並不知道，原本已經離開此處前往練武場的戰天穹，此時正無聲的爬上辦公室外頭不遠處的樹梢上，透過樹蔭的隱蔽，默默的傾聽辦公室裡傳來的父子談笑聲。

年幼的戰天穹，用著傷心、不解與茫然的神情，聽著那總是對自己無比冷漠的父親，用著自己未曾擁有過的溫和嗓音關心兄長的近況，閒話家常。偶爾父親會因為聽見令他驚喜的消息，而揚聲鼓勵兄長，讓戰天穹羨慕不已。

父親從來沒有鼓勵過他，甚至連正眼瞧他都吝嗇。

「是不是因為我還不夠強，沒辦法讓父親滿意？」

戰天穹低頭看著自己瘦小卻滿是傷痕的掌心，重重的握拳，猩紅色的眼眸閃過一絲堅定。

「變強，我要變得更強才行。」

這樣一來，父親應該也會像對待兄長那樣，對他展顏微笑，為他的成功而開心，因他的努力而欣慰，並且願意出言鼓勵他了吧？

年幼的戰天穹不懂父親內心複雜的想法，單純的想著唯有成長，不停的成長，才能讓父親對自己另眼相待——

於是，戰天穹又開始新一輪的苛刻訓練。

哪怕弄得渾身是傷、皮開肉綻，他眼中的堅持從來未曾改變。

這一切，僅僅只是希望父親能對他慈愛一回……

然而，追求實力有好處也有壞處。

好處就是，隨著時間成長，戰天穹擁有的實力已然超越了天賦沒有他卓越的兄長戰天蒼。但專心追求實力的代價，卻是讓戰天穹性格走向了某種極端，不似戰天蒼那般八方玲瓏、手段溫和，戰天穹的處事態度更加強硬暴力——他只相信自己的拳頭。

只是，就算戰天穹成年以後，實力果真如族中長老預言的那般強悍，並且將「戰」一姓的特質發揮得淋漓盡致，卻仍舊無法換來父親一抹欣慰的笑容。

不停受挫的戰天穹茫然了。既然實力不能使父親在自己身上駐留目光，那究竟要如何才能讓父親賞識自己？他難道還不夠強嗎？還是做得不夠好？是否要成為像兄長那樣智慧又溫文儒雅的人，才能得到父親賞識？

於是，戰天穹果斷的放下修煉，閱覽兄長戰天蒼曾經看過的書冊，學習兄長學習過的知識，試圖想要讓自己擁有兄長的特質。

或許是因為戰天穹自幼便在極端嚴苛的訓練要求下一路成長，讓他無論是對自己或他人，都無比殘忍嚴苛，心狠手辣的行事風格早已刻入血骨，不是後天的學習可以抹滅。所以人人提起戰天蒼便是如沐春風，笑容滿面；提起戰天穹時則依舊是畏懼害怕，戰戰兢兢。

可是，即使戰天穹已然成年，在外界也因為強悍實力擁有不小名氣，他的父親對他依然冷淡如昔，對兄長卻是更加縱容青睞。

在父親的差別待遇以及壓力日積月累之下，忍無可忍的戰天穹終於爆發了。

某日，戰天穹趁著父親因為母親的忌日，罕見的喝酒只為求得一醉時，直接殺上門，詢問父親究竟要如何才能對他另眼相看、自己究竟哪裡做得不好。

戰天穹是故意挑選父親酒醉的時候上門詢問。

正所謂「酒後吐真言」，他知道，父親清醒時他絕對問不出個所以然，那趁著父親酒醉、內心防備鬆懈的時候，也許能問出答案來。

戰皓宇的確醉了，醉得誤以為站在自己面前的戰天穹只是個幻影，索性無所顧忌，拋開理智，直言坦承將自己對待他的看法全盤托出——

「你哪裡做得不好？你想要我對你另眼相看？」戰皓宇打了個酒嗝，卻是發出令人內心發寒的冷笑聲來。

戰天穹深吸一口氣，壓下自己內心的怒氣與憤怒，沉聲問道：「父親，我想知道你對我究竟有何偏見，為何對我的要求總是比對兄長嚴苛好幾倍？而每當我完成你的要求以後，你卻對我只有更多的要求，連一句鼓勵或讚許的言語都不願給我？我究竟做錯了什麼？」

戰皓宇目光朦朧的看著眼前已然有好幾個疊影的戰天穹，語出嘲弄：「我對你有何偏見？」他再一次重複了戰天穹的語中某句，然後哈哈大笑出聲來，卻是笑得眼角滑落了眼淚。

「偏見！對，我就是對你有偏見！」

戰皓宇一反過往的冷靜，咆哮出聲，一拳重重的擊在桌面上。

「你就算再努力又如何？我對你再嚴苛又如何？你此時擁有的成長、擁有的一切，全都是用你母親的性命換來的！我只要一想到你、一看到你，就想到為了生下你而難產死去的妻子！」

「我只要一看到你眼中的期盼，就想到妻子當時哀求我一定要讓她生下你時，眼中與你同樣的期盼目光；只要一看見你，我就想到是你害死你母親！如果不是你，我不會失去愛妻，天蒼也不會失去母親──這全都是因為你！」

戰皓宇嘲諷大笑，將手中已然飲空的酒瓶直朝戰天穹扔了過去；而戰天穹則是因為先前父親的冷酷發言，在內心震驚之餘，忘了閃避，直被酒瓶砸破了頭，鮮血滿面。

「你一直很渴望得到我的關愛是吧？但我怎麼可能去愛一個殺人凶手！我如何能用對待天蒼那樣的態度對待一位害死我妻子的殺人凶手？光是想像那畫面，就令我感覺噁心！」

戰皓宇的神情盡是埋怨與仇恨，臉上老淚縱橫。

「如果不是你這個殺人凶手，我的妻子也不會死了──殺人凶手！若非生下你以後，她在彌留之餘還要求我要好好養你長大，我早就直接掐死你了，還留著你這剋母孽種做什麼？！為什麼當初死的不是你？你為什麼不去死！為什麼要我的愛妻為了生下你而賠上寶貴的性命！早告訴她說只要她完好無缺，往後孩子要多少有多少，何必執著於你呢？！都是你、都是你害的──！」

「殺人凶手」、「剋母孽種」這幾個字詞，猶如驚雷一般的打在戰天穹心上。

「原來是因為這樣……」因為父親將母親之死怪到他身上，所以一直以來才會對他不假辭色嗎？

內心有多少渴望、有多少嚮往，在父親那樣猙獰、絲毫不掩飾仇恨之情的面孔之下，都顯得異樣的蒼白。

戰天穹的掌心鬆了又緊、緊了又鬆，平整的指甲將掌心抓出了深深血痕。他任由頭上鮮血直流，絲毫感覺不到身軀的疼痛。此時的他，內心只剩下無盡的痛楚與空虛。

原來他追尋那麼久的答案竟是如此。

「殺人凶手，給我滾出去！滾！如果你沒有出生就好了。你的出生就是一個錯誤，天大的錯誤！」

戰皓宇顯然因為戰天穹的問話觸動了內心傷痛，開始毫不留情的將身邊隨手可及的酒瓶直朝戰天穹扔了過去，下達了無情的逐客令。

這一次，戰天穹終於從震驚中回神，手腳俐落的接過了那些酒瓶，隨手放置一旁，沒有讓自己身上多添新傷。隨後，他神情木然的猶如遊魂一般，離開了父親的住處。

意外知悉自幼困惑著自己疑問的答案，戰天穹心裡絲毫沒有豁然開朗的心情，反而被更陰暗的情緒覆蓋了內心，某種難言的情緒在內心深處翻攪，讓他幾乎就要克制不住情緒放聲大吼。只是理智制止了他做出衝動的舉止。

這裡是戰族主宅，他若是在此失控，怕是會引來長老和其他族人的關注。戰天穹也不想讓父親知道自己曾在他酒醉時前來問話一事。於是，他只得忍住傷痛，加快腳步，想尋得一處偏僻所在發洩一番。

由於時值半夜，多數戰族人都已早早就寢，夜間只剩晚燈高掛屋簷，戰天穹的影子在燈光底下拉得極長，影子在閃耀的燈光底下，竟是扭曲的有些猙獰。

然後，他忽然止住了腳步。似乎聽見了某人緩步前來的腳步聲，這讓他眉頭一皺，卻是一個翻身上牆，靈巧且無聲的踏上了屋簷，將身影隱沒在黑暗之中。

戰天蒼有些擔心父親的情況，他知道每到了母親的忌日時，父親總會喝得酩酊大醉，他想前往父親的住處照看一下父親的情況。實力不如戰天穹的他，自然沒能察覺戰天穹就在一旁的屋簷上注視著自己。

遠遠的，戰天蒼就能聽見父親醉酒時的吼聲，這不禁令他擔心的加快了腳步；戰天穹目送兄長憂心父親的背影轉進父親的住處，自嘲一笑，轉身隨意選了個方向疾馳而出。

他來到城外某處的一處小林間，先是咆哮一番、暴力的毀壞林木，直到心情平靜以後才離開。

最後，他找了一處山頭，寂寞的獨坐月下，然後懦弱的獨自淚流。

＊＊＊

戰天穹兩眼無神的看著白玉碑上父親的名字，不知何時盤坐在石碑前，竟是拿出酒罈直往嘴裡灌，像是想要透過酒精麻痺自己的神經。

一想到父親醉酒時的言詞，他還是忍不住虎目泛淚，卻是強忍著悲傷沒有在愛人面前落淚。

「父親說，我是害死母親的殺人凶手。也就是從那天開始，我不再奢求能夠得到父親的慈愛與笑容。」

戰天穹的語氣很平靜，卻帶上了令人絕望的空洞。

君兒神情震驚，不敢相信戰天穹的父親竟會語出此言。她完全可以想像當時的戰天穹是用多麼難過與絕望的心情去面對父親那樣傷人的言語，這讓她心疼的擁住了他，希望能透過擁抱和緩戰天穹的內心傷痛。

戰天穹壓抑著心中悲苦，今天既然已經決定要向君兒坦承一切，他就該敞開心胸，不再隱瞞。咬了咬牙，他將昔日自己聽聞父親言語後的感想說了出來。

「我終於明白為何父親總是這樣冷漠的對待自己，為什麼無論我做得再好，父親也不願看我一眼……呵，原來是因為母親的緣故嗎？可我明明什麼都沒有做。」

「我一出生就失去母親，連父親也不愛我；兄長至少還有與母親相處過的經驗，更有父親的疼愛。但我呢？我什麼都沒有了啊！我只是被生下來而已，難道這樣也是我的錯嗎？！」

戰天穹神情悲愴，雖是笑著，卻比哭泣還更令人感覺心傷。

「既然不受期待的被生下來，那我活著幹嘛？所以，我只能不停的戰鬥，唯有受傷、唯有戰勝敵人，我才能感覺自己還活著。但我仍然不想放棄，我繼續尋找能夠讓父親認同我的方式，希冀父親能夠正眼看待我這個『錯誤』，只是我最後走上了歪路……當時的我，一心只想追求更強大的力量與權力，覺得只有這樣，父親才會認同我。」

「或許，從那時開始，我便心魔深重了吧……舊西元時期的修煉都有提到『心魔』，人心中的魔鬼與負面，這將會在修煉的過程中逐漸影響人性格的變化與走向。我當時就是受到自己內心陰暗面的影響，行事作為變得令人越發恐懼。族人畏懼我，就連後來……父親看待我的目光更冷漠了，甚至還帶上了更多的厭煩與責難；兄長疏遠我，看我的目光除了遺憾以外還有可惜與同情……」

君兒輕輕靠坐到戰天穹身旁，心疼的看著戰天穹在談論自己事情時，眉眼間未曾散去的痛苦之情。此時，她終於能夠了解為何戰天穹在面對感情一事時會那麼懦弱，只是渴望得到父親的關愛，卻換來滿身傷痛。

而在戰天穹的言談間，君兒聽出了戰天穹對自己出生卻害死母親的自責；儘管沒有明說，但或多或少他覺得這樣的自己是沒有資格得到幸福……這讓君兒更加不捨。

戰天穹將君兒抱進懷裡。唯有愛人的體溫在懷，才能稍稍平復他內心的痛楚；儘管這樣的親密接觸讓君兒紅了小臉，但她卻沒有掙扎，而是柔順的靠在他懷裡回應擁抱。

戰天穹繼續說道：「不過，兄長雖然對我失望，但偶爾還是會關心我的近況，只是當時的我年輕又任性，總是拒絕兄長的好意。現在想起來，只覺得當時的自己實在太愚蠢了，如果我能夠放軟態度接受兄長的關心，或許在後來的某次爭吵中，我們也不會走向決裂一途了……」

Chapter 03

無心之言最傷人

有人曾評論，戰天蒼有帝王之風，知人善用、胸懷坦蕩；而戰天穹則是梟雄之威，果決狠辣、態度強硬。

若是處在動亂時間，由戰天穹繼任下一任族長之位，以強硬姿態平定戰族內部的動亂最為理想；可惜，戰族正值巔峰鼎盛的時期，並不需要連對自己人都無比殘忍的領導者，而是需要行事沉穩的戰天蒼，由他來繼承戰族族長之位顯然較為適合。

當時一位戰族長老感嘆戰天穹生錯了時間……如果他早個幾代出生，在戰族還處於發展期、內部動盪混亂的時候出現，想必能將戰族帶往另一個巔峰。

可惜，戰天穹出生的時間點錯了，更別提他上頭還有一位各方面都比他完美的兄長存在。現在的戰天穹只能成為家族的「劍」，擔當家族開拓新界疆土的先鋒強將，卻無法成為指揮大局的領導者了。

這兩兄弟本就漸行漸遠，在某次爭吵後，自此走上殊途。

事情為何會變得如此，戰天穹已經記不太清楚了。他只知道，當兄長一如過往般的前來關心他的近況時，他因修煉無所進展、拉攏長老派系不如預期而心情浮躁，讓他猶如一顆不定時炸彈，隨時都有可能引爆。

「天穹，很久沒看到你了。最近新界又有更多的消息傳回來了，世界政府點名我們戰族擔當探索先鋒，我想你應該已經收到了消息。雖然那是一件非常危險的任務，但危險也象徵著機運……我們兩兄弟或許得談談往後對於家族前程的規劃與安排了。」

戰天蒼溫文儒雅的詢問戰天穹的近況，語氣雖然有著關心，卻比幼年時期多了幾分疏離。只是這一次攸關他們戰族前程，他們兩兄弟與其爭吵，還不如聯手，才能在前往探索新界時，在危險中闖出一片屬於戰族的天地來。在這一點上，戰天蒼的目光顯然放得比當時只在乎證明自己的戰天穹更遠了許多。

但也因為戰天蒼主動前來談和與商議族中大事，放下族長之位的爭議之舉，惹惱了正處於叛逆時期的戰天穹。戰天穹只覺兄長這樣的深明大義根本就是「偽君子」，直令他噁心。

戰天蒼因為戰天穹這樣不顧家族前程，只顧著自己眼前利益的態度，也跟著升起火氣，一反過往斯文態度，和戰天穹當場吵了起來。

「天穹，你夠了！如果母親還在的話，她一定會為現在的你感到失望的！」

戰天蒼在氣憤之下，不經意的談起母親，沒想到卻因此觸及戰天穹的逆鱗。

戰天蒼此時的態度看在渾身是刺的戰天穹眼中，全然扭曲成了兄長正在炫耀他有與母親相處過的經驗——而他，什麼都沒有！

戰天穹怒不可抑的回道：「你又知道母親不會覺得我現在這樣挺好？不要什麼都說得你好像很清楚一樣，是在嘲笑我沒有跟母親相處的經驗嗎？！」

戰天蒼一看戰天穹橫眉豎目，立刻知道事情壞了。

只是按照過往與戰天穹相處的經驗，戰天蒼知道此時的自己絕對不能退讓，否則戰天穹就會像聞到血氣的狼，將會死咬著他不放。於是戰天蒼嘆了一口氣，卻是態度強硬的將話題帶往戰族大事上頭，希冀能夠透過族中要事來喚回戰天穹的理智。

奈何戰天穹早已理智崩盤。性格叛逆的他，根本沒有將族中大事放在心上。

兩人越談越是氣憤。由於雙方心中都有著隔閡芥蒂，因此誤會更深了……

「戰天穹，我實在對你太失望了！」戰天蒼勃然大怒，氣得直稱戰天穹的姓名。「我怎麼會有你這麼不識大局的兄弟？！我找你談的可是攸關我們戰族未來的重要大事，你怎能將之扯到我們兩兄弟的私人恩怨上頭！」

戰天穹冷笑出聲：「不識大局？哈，戰天蒼，你不要以為我不知道這一次是父親要你來找我談事，希望能透過合作來讓我們和好，好讓我甘心在往後你成為族長以後，安心順服的在你手下為你做事吧？父親真是老了，他真以為他一心偏袒你，我會看不出來嗎？」

「你們不是將我視作家中多餘的角色嗎？若非我實力強悍，怕你們連看也不會看我一眼吧。不要用那種自以為是的嘴臉來勸服我，那只會讓我感覺噁心！」

「胡鬧！你怎能那麼說？父親他是真心看重你，才會讓我來和你談談的！」

戰天蒼這個斯文人竟然因為戰天穹這樣的嘲諷發言，再一次被激起了怒氣。只是，他也知道自己的這句話全是謊言。打從一開始，他就和父親有著同樣的心情……

「他若真看重我，怎麼會連一句讚美都不曾對我說過？」戰天穹怒聲咆哮，「他就只會偏袒你，從小到大都是如此！父親就只會對你好，然後嫌我礙眼；你這偽君子也是，誰不知道你對我好只是為了在別人面前維持兄友弟恭的良好形象？不要在我面前裝出一副謙謙君子的模樣，虛偽！」

兩人爭吵到最後，都因為失去理智，而變得像是年輕少年之間的無理爭執了。

戰天蒼被氣得口不擇言道：「我因為有你這樣的兄弟而感覺可恥！母親當時為什麼要拚盡性命生下你——」

話才剛說出口，他就後悔了。

戰天穹臉色鐵青。兄長這樣一句無心的話語猶如當頭倒下一盆冷水，讓他的內心剎那冰涼。

「是啊，母親當時為什麼要拚著性命生下我，害我自出生開始就在血親的冷漠對待與刁難嚴苛下活到現在？我比你更疑惑！……或許，我打從一開始就不應該被生下來。」

戰天穹先是怒吼，隨後卻是自嘲一笑。他冷瞪了一眼面帶愧疚的兄長，然後轉身快步離開，主動結束了這次談論。他的背影蕭瑟，一瞬間竟是失去了先前的傲氣與狂妄，如同一頭受創頗深的獸，渾身狼狽。

戰天蒼想追上去解釋並且向兄弟抱歉，他知道，那位未曾出現在戰天穹生命中的女子，一直是戰天穹心中最深刻的傷，為何他會理智全無的去刨開對方的傷痕？

但，戰天蒼最後沒有追上去，而是一聲嘆息，朝著反方向離開了。

也就是這次事件，使兩兄弟徹底決裂。

＊ ＊ ＊

「我不是不知道當時兄長曾生起要向我道歉的想法，當他說出那句話以後，他臉上閃現的愧疚也是我決定主動結束那次談話的主因。我原本想著，如果兄長願意向我解釋與道歉，我也會放軟態度與他重新談和……但他絲毫沒有向我解釋的意思。」

「在往後的日子裡，他對待我的態度變得和父親對我一樣冰封冷漠。而我雖然後悔，但當時的我如同孤狼，傲慢讓我低不了頭。當時的後悔一直伴隨著我直到今日，如果我那時不要那麼恣意妄為的話，或許我最後也不會走到那一步吧。」

戰天穹緊緊抱著君兒，心中只有深切的悔恨。

奈何……人生總有遺憾，在回首時往往會帶來無盡傷痛。

君兒依偎在戰天穹懷裡，抬手輕撫他憂傷的臉龐，眼帶心疼的說道：「看不出來天穹以前會是那樣的人呢……辛苦你了。只是，那些都過去了，就算遺憾悔恨，犯下的錯已成，逝者已逝，你得開始學著放下那些才行，不能任由過去一直束縛著你。」

戰天穹撈過君兒的手心，持至脣邊輕吻，苦澀笑問：「就不會覺得那樣的我很糟糕？當時的我真的是年少輕狂，性格不成熟就算了，做事也隨性為之，總是自私的想著自己……跟現在的我截然不同，如果君兒遇見的是年輕時期的我，想必也不會愛上我吧？」

「不，我還是會愛上天穹的哦。」君兒很是肯定的答道，眼中只有堅定。「我們的靈魂會互相吸引，哪怕我遇見的是過去那個不成熟的你，一樣會被當時的天穹吸引的。就算當時的你還沒有遇見噬魂，可我相信我們的靈魂依然會因為相同的頻率而互相共鳴，接近彼此並互相了解，進而相愛相戀。」

「而且，我覺得我能遇見年輕時的天穹似乎也是一件不錯的事情。至少，有我愛你，你在往後或許也不會犯下讓自己自責千年的錯誤了吧。你只是渴望愛，卻沒能人愛你而已，所以就由我來愛你吧。」

戰天穹仰高了頭顱，不想讓君兒看見自己因為感動而在眼眶轉動的淚。

他是男人，不能哭的……

這個世界有那麼一個靈魂能這樣無條件的愛著自己，他真的很幸福。

「就在不久後，我們戰族前往新界進行開拓，我實力堅強，被安排在最前線。耗費了七年，死傷了大半族人，卻也在新界站穩了腳跟……父親終於決定要宣布族長繼承人的事情了。」

＊　＊　＊

自從人類在原界（舊名太陽系）冥王星發現了一扇通往未知地帶的時空大門，並且在第一批人類探險隊順利發現新界奇蹟星以後，自此人類世界聯合政府正式宣布人類的舊西元時期結束，進入宇宙曆第一年！

當時的原界儘管早年就已盛行星力修煉，卻是直到新界被發現以後，人類發現通過時空大門需要實力限制，人們對新世界的嚮往激起了無數人的修煉熱情。

宇宙曆第一年年末，人類派出了號稱當時戰力最強的「戰族」為第一先鋒開拓隊，前往新界開拓疆土。無數戰族強者與青年才俊踏上新界，以強勢戰力掃蕩新界在時空大門附近的變異野獸，並且成功建立了人類在新界上第一座前鋒基地。

宇宙曆七年，隨著大量的資源被發掘與各大家族組織的抵達，那原本蕭瑟的新界基地逐漸發展成一座巨無霸大城，並且在外圍開始有新城不斷建立，人類在新界上的疆域版圖仍不停擴張。

戰天穹乃是當時戰族中的年輕強者，在開拓時期闖下了赫赫威名。

人人都知道這一任的戰族族長戰皓宇膝下育有兩子，長子戰天蒼擅長調度與大局指揮，次子戰天穹戰力無雙、討伐過無數的危險異獸。也因為開拓之順利，自此奠定了戰族在新界成為一方大族的沉穩根基。

只是隨著時光流逝，現任的戰族族長戰皓宇不再年輕，開始無法壓制膝下兩子暗裡爭奪族長之位與族人支持的行為。

當戰皓宇可能將要決定新一任戰族族長的消息傳出來後，戰天蒼與戰天穹兩兄弟之間的衝突由暗轉明。儘管戰天蒼還是希望能和戰力強悍的戰天穹互相輔助，讓戰族踏上新的巔峰，可戰天穹內心早對兄長存有了隔閡疙瘩，卻是希望透過爭奪族長之位，來證明自己不輸給兄長的事實。

戰天蒼用溫和手段收買人心；戰天穹則選擇了與兄長截然不同的手段——暴力鎮壓。

戰族內部因此分裂成三個派系，一個派系認為沉穩的戰天蒼較適合擔當族長之位；另一個派系則認為戰力卓越的戰天穹才能輝煌「戰」這個姓氏；第三個派系則是保持觀望。

而在某次戰皓宇私下邀約戰天蒼密談以後，戰天穹察覺到本來維持中立的族人開始有所動搖，便多少猜出了父親與長老的決定為何。只是沒有從父親口中聽見真正的答案，他還是不甘心！努力了那麼久，難道他還是不如兄長嗎？

他不想永遠成為兄長的陪襯！

別人都說他戰天穹多強，但欣賞更多的卻是自己的兄長。這要他如何能甘心？

就是因為有這樣的兄長存在，所以父親怎樣都不會注意到他。

這天是戰族就要宣布下一任族長繼承人的重要日子。

此刻，戰族的大廳裡正並立著一對有著相同的赤髮卻風格迥異的兄弟。

左側的男子有著一張溫潤如玉的臉龐，赤色的眼眸猶如最上等的紅寶石一樣，閃爍著智慧的神采，赤髮規矩的束在腦後，薄唇揚起一抹溫和笑弧，給人一種沉穩可靠的感覺；右側的男子神情桀驁不馴，猩紅如血般的赤瞳有著藐視一切的猖狂霸道，嘴邊笑容自負。與兄長不同，戰天穹從不束髮，任由髮絲披在肩頭，給人留下一種叛逆與張狂的印象。

如果說左側的戰天蒼是一把暗藏玄機的琴，那麼右邊的戰天穹就是一柄染血的劍！

戰族的長老們坐在大廳裡主位旁的位置上，目光慎重的在氣質迥異的兩兄弟身上游移。

最後長老們皆是嘆息，連個討論也沒有，便要坐在主位上的戰皓宇宣布他們集體眾人的決定。顯然，他們早已知道此任族長繼承人是誰了。

他們看著戰天穹的眼神滿是遺憾，這讓戰天穹眼裡閃過一絲了然的嘲諷。

戰皓宇看向戰天蒼，露出了一抹欣慰至極的笑容來；而看著這一幕，戰天穹握緊了拳，臉上的嘲諷之情更甚。

「我宣布——由長子天蒼繼任戰族族長之位！天穹，你往後可要好好輔佐你兄長，望你們兩兄弟共同為家族打拚。此時是我們戰族正要在新界擴展勢力的時候，我可不希望在我有生之年，看見你們兩兄弟為爭名奪利而自相殘殺。」

戰皓宇語氣冷淡，不難聽出這句話他是針對戰天穹說的。

「呵……」戰天穹突然冷笑出聲，眼神如刀。

戰皓宇皺起了眉，對戰天穹此時依然傲慢狂妄的臉色很是不悅。

「父親，今天宣布繼任者只是做個樣子，你以為我不知道？打從一開始你就沒將我列入族長之位的繼承人名單裡頭。你一直以來眼中就只有兄長，卻將我視作眼中釘，這些我都認了，也想盡辦法要向你證明我有被你重視的價值……但今天，我是真的失望了。原來在你心中，我是那種會自殘手足的人嗎？雖然我和兄長感情並不和睦，但還不到我弒兄奪權的地步。」

戰天穹自嘲一笑，臉上全是對自己父親的失望。哪怕他早就知道自己繼任族長無望，但父親最後的警告還是讓他心寒了。

「父親，你這句警告我記住了，希望你往後不要因為你曾出此言而後悔。」

丟下這麼一句話，戰天穹也不等宣布儀式完畢，當著眾家族長老的面拂袖而去。

也因戰天穹這衝動的性子，讓一群長老不約而同嘆息了聲，談論間滿是對他的遺憾可惜。

「皓宇，你對天穹未免太過刁難了，好歹他也是你妻子拚死生下的孩兒，說話別那麼不留餘地。」一位長老語重心長的提醒道。

戰皓宇只是冷哼，淡淡的回了一句：「逆子而已。」

他對戰天穹的稱呼，足以見得他對戰天穹的不滿與嫌棄。哪怕戰天穹做得再好，但他害得自己母親難產而死卻是事實。

戰皓宇的無法諒解，並將妻子之死怪罪在無辜的孩子身上，讓長老們不由得心生感慨。

愛之深，恨之切啊……

昔日他們這些長老不怎麼介入族中小輩的心理狀態發展，直到戰天穹嶄露頭角時，性格已然被他父親的冷淡對待而變得偏激極端，要矯正也來不及了。如果戰皓宇能夠像對待戰天蒼那樣對待戰天穹，或許今天兩兄弟就不會鬧得那麼尷尬了。由戰天蒼主內，戰天穹主外，想必一定能換得戰族的輝煌，可惜……

戰天蒼神情複雜的看著戰天穹離去的背影，他沒有忽略戰天穹在說出那一句「我是真的失望」時臉上的寂然表情，那是徹底放棄希望之人才會擁有的死寂表情。由此見得，父親最後的警告讓戰天穹有多傷心。

自從幾年前兩兄弟一次大吵過後，他們的關係陷入了冰點。這讓戰天蒼有些後悔，為何要在那次爭吵時對自己兄弟說出那樣傷人的話？又為何在語出惡言時，沒有追上前去向兄弟道歉？

但此時，後悔也彌補不了已經說出口的言語之傷。

「天蒼，以後戰族就交給你了。」戰皓宇抬手拍了拍戰天蒼的肩膀，神情盡是嚴肅，「以天穹他那樣的性格，就怕他在你繼任之後會不服你，如果他真的做出什麼違反家族利益以及危害你性命的事情，必要時，我會將他逐出家門。放心，爹是站在你這邊的。」

「父親，你這話說得太過了！」饒是戰天蒼，也不禁為了父親這樣的苛刻發言而大為震驚。「哼，天穹每次看待你我的眼神，都像是恨不得要將我們撕了一樣。不是我危言聳聽，他太強也太危險，就怕他總有一天會做出危害家族的事情來。」

「唉，皓宇，如果不是你過去對天穹太過冷漠殘酷，也不會養成他這樣的性格來。你身為人父，才是該檢討的那一位。」一位長老無奈感嘆，然後起身離座，失了繼續參與族長繼任者宣布儀式的興致。反正今天也就如戰天穹說的那樣，只是做個樣子而已。

然而，長老的勸言戰皓宇卻始終沒有聽進耳裡。這位固執的父親，打從戰天穹出生那時起，便將失去妻子的怨恨一心歸咎在這個孩兒身上。

打從一開始，他們就用錯方式去面對逝者留下的一份心意。

戰天蒼輕嘆了聲：「母親知道的話一定會責怪父親的……」

戰天蒼的話語觸及了戰皓宇的逆鱗，讓戰皓宇罕見的對他怒吼出聲。

「天蒼，閉嘴！我早跟你母親說過，如果不行就要打掉她肚子裡的孩子好保全她的性命，若不是她以死要脅，我怎麼可能讓她在那樣虛弱的狀態下生育？結果呢？孩子生是生下來了，她卻死了！那該死的母愛！她就沒想過我失去她，我有多難過嗎？為什麼她要生下這個孩子？為什麼？！」

「父親……」戰天蒼只能無奈的安撫因為想起妻子而悲憤不已的父親。

一旁的幾位長老連聲嘆息，疲倦的勸說戰皓宇冷靜，要他繼續完成戰族族長繼任者的宣布儀式。

戰皓宇好歹也是戰族族長，很快就恢復了冷靜，並且完成了儀式。

很快的，戰族由裡到外都知道，將由族長的長子戰天蒼繼任族長之位。繼任大典就訂在戰族族人全部自原界遷往新界以後的第一次祖祭日，一同展開。

＊＊＊

戰天穹講述完父親宣布族長繼承者的事情以後，臉上表情只有濃濃的失望。

「父親在宣布繼承者時的警告讓我絕望了。他語氣中的冷漠暗示著我不要手足相殘，意味著他懷疑我會有那樣的舉動。無論我多麼努力、又為家族做了何其多，父親始終還是將我當成『殺人凶手』……恐怕，父親最後也料想不到，我會真如他說的那樣，成為殺死他們的『殺人凶手』吧。」

戰天穹微動嘴角，扯出一抹嘲諷的笑容來。「這個字詞，成了我內心的一大缺口，也是我之所以會被噬魂入侵，被他利用且引誘我走火入魔的主因。」

戰天穹灌下一大口酒，「我最親的兩個人卻最疏遠我。呵……從父親宣布族長繼承者那時開始，我變得更偏激殘酷、冷漠暴戾。」

「兄長與我不同，他很早就成家立業，有妻兒相伴，行事作風無疑沉穩許多；我當時行事浪蕩，雖有多位紅顏知己卻不願為誰牽掛留心，我也不認為那些女子是真心愛我，她們看上的全是我的實力、我的地位與威名而已，沒有誰真正了解我這個人……我很寂寞。」

君兒微揚柳眉，卻是因為戰天穹那一句「行事浪蕩」心懷好奇。她確實沒想過戰天穹過去會是那樣的人，但在好奇之餘，內心還是忍不住悄悄泛起淡淡的酸意。只是醋味方生，隨後就被對戰天穹過往傷痛的心疼取代了。

誰沒有過去呢？若是一直糾結過去，他們兩個也沒有未來了。

不過君兒不糾結，戰天穹自己卻先糾結了起來。

「君兒，妳不生氣嗎？嗯……我剛剛說了，我過去可是個行事放蕩的男人……有很多紅顏知己……但我現在已經改邪歸正了，希望妳不會因為我有那樣的過去而懷疑我對妳的心。」他手足無措的想解釋，就怕君兒誤會自己本性花心。

君兒看著戰天穹這番慌亂的模樣，噗哧一聲笑了出來，卻是語出安慰：「都過去了不是嗎？天穹現在是個好男人呢，我很放心的。而且那都是你幾千年前的往事了，你以前的那些紅粉知己搞不好都化作枯骨了，我又為何要與那些你生命中的過客斤斤計較呢？」

「你以後對我好就好了。你的過去我陪你承擔，但不會因為你過去是個什麼樣的人而怪罪於你……你願意和我分享過去我就很開心了，怎麼會怨你過去花心呢？」

君兒笑得燦爛，戰天穹卻是臉上尷尬。

「……既然這樣，那君兒妳可以鬆手嗎？」他體魄強健，是不怕君兒掐他，就怕他皮粗肉厚害君兒掐疼自己的小手而已。

「哼哼。」君兒鬆開了自己在安慰戰天穹的同時掐上他腰側的手，接著主動抱住了他。無論眼前這個男人的過去有多糟糕糜爛，但他此時此刻卻是全心一致愛著自己，這樣就好了。

戰天穹本來沉重的心情，頓時因為君兒這番小吃味的舉動而稍微回暖了些，臉上終於有了些許笑意。

「就如君兒妳說的，那些都已經過去了。我現在只屬於妳，未來也是。」戰天穹持起君兒的手心，落下輕吻，惹得君兒俏臉微紅，主動轉移話題。

君兒問道：「之後天穹該不會就誤闖魔陣噬魂，被當時的遺跡意識噬魂寄生了？」

「妳猜的沒錯。家族當時正在進行由原界集體遷往新界的行動，不久後就要舉行祖祭日，我在聽聞父親的警告後，一氣之下，也不等一切事情就緒告一段落，便自己隻身一人踏上新界旅行。就在探索未知地區的時候，我無意間感覺到了有某種存在正在呼喚我……」

Chapter 04

來自靈魂深處的呼喚

在祖祭日開始前的夜晚，戰天蒼在與父親戰皓宇談論明日祖祭事宜時，忍不住開口向父親詢問起戰天穹的事情。

「父親，你還是不肯和天穹好好談談嗎？現在天穹雖怨我們，但如果你願意和他促膝長談，好好將你們之間的誤會解開，我想天穹一定會諒解你的。他那麼多年以來爭的，不就是父親你的關注與一次平靜談話嗎？」

哪怕知道戰天穹對自己心懷芥蒂，但戰天蒼多少還是關心著他那位已成陌路的兄弟。未來他們還是得一起為戰族打拚，儘管兩人翻臉，但不至於成為死敵。

戰皓宇先前在宣布繼承人時的發言太冷血了，因此長老們不只一次暗中找他談話，希望他能夠勸說戰皓宇對戰天穹稍微緩和一下態度，以免事態真如戰皓宇所言的那樣發生……要知道，有時候一句再簡單不過的傷人言語，都是未來人犯錯的初始之種，就等著被傷之人內心的腐朽且被負面汙染，進而茁壯發芽。

這其中，尤以父母的行動言語影響孩子最深。

戰天蒼也是左右為難，雖然他內心的某個角落一樣沒辦法原諒害死母親的戰天穹，但那好歹是與他擁有相同血緣的兄弟；而且受到性格溫柔的母親影響，使他沒辦法做得像父親那樣狠心。

「沒什麼好談的。」戰皓宇漠然開口，拒絕談論。

其實，戰皓宇是在逃避，逃避次子每次總用那種痛苦又埋怨的目光看著自己，彷彿在訴說他未曾盡過父親的責任。每當戰天穹這樣看著他，他彷彿能夠聽見妻子在耳旁泣訴他沒有好好照顧她拚死也要生下的孩子。

儘管他曾想打破父子僵局，試圖對一直努力爭取他關注的兒子表達父愛，但往往只是一次又一次的傷害了那總是滿懷期望的孩子。直到最後，他發現自己竟已忘了該如何去與次子相處，所以，不談也罷……

「可以的話，我真希望天穹不要被生下來……至少，這樣我也不會這麼痛苦。」戰皓宇面露憔悴，複雜的心情在他已然衰老的臉龐上，留下了深刻的風霜痕跡。

戰天蒼深深一嘆。他真的已經盡力了……

父親的固執，兄弟的執念。

不知為何，戰天蒼再次想到了戰天穹在宣布繼承人那日，聽見父親警告他不得手足相殘的言語時露出的空寂表情，內心忽然浮現了深刻的不安。

而戰天穹最後拂袖離去時的發言，也讓戰天蒼感覺到了他隱藏在言語中的悲憤與絕望——希望，最後他們彼此不會真的走到那一步。

戰天蒼知道父親當時的發言是認真的，若天穹真的做出損害家族利益或者是任何危害他們性命的行為，他將會被永遠逐出家門、剝奪「戰」這個姓氏，並且從祖譜上刪去姓名——那是所有戰族人都不願見到的糟糕結局，也是最嚴苛的懲處。

這夜，戰天蒼與父親的談話依然無疾而終。

隔日，祖祭日照常展開。

然而戰皓宇在得知某個消息以後，勃然大怒。

「逆子！他竟然在祖祭日這等重大的日子遠行離家！好、很好！」

戰皓宇氣得豎目橫眉，他沒想到戰天穹竟然會做出離家出走這等叛逆青年才會做出的舉止！要知道，這一次的祖祭日他將要正式將族長之位傳給戰天蒼，戰天穹的缺席，意味著他對新任族長的不認同，這或多或少會影響家族中傾向戰天穹派系的族人，甚至很有可能會引來戰天穹派系對戰天蒼日後的不服與抗爭。

這是戰皓宇最不願意見到的情況。

戰皓宇原以為當時宣布繼承人以後，戰天穹就會對爭權奪利死心，雖然早有預料他會憤怒或做出一些抗爭的舉止，但沒想到他竟然會在族中最重要且絕對不能缺席的祖祭日上缺席！

戰皓宇額上青筋浮凸，忍無可忍的咆哮出聲：「既然離家出走就永遠不要回來好了！」

一旁的族人面色愕然，不由得問道：「族長，那這樣祖祭日和繼承大典……？」

「照常舉辦，不過要支持天蒼的族人注意一點，不要讓支持戰天穹的族人製造混亂。」戰皓宇語氣嚴肅的下達了命令，神情惱惱的繼續安排後續的事宜。

他這位族長的其中一位子嗣沒有出席繼承大典，多少會惹來內部的流言蜚語，但他相信戰天蒼有能力可以圓滿解決那樣的混亂。而且這也是個大好機會，戰天穹此舉正表明了他沒有擔當族長該有的大氣，戰天蒼便能趁機收服本來支持戰天穹的族人。

戰天穹已經預料到這種情況，只是早就對家族與父親失望的他，才不管歸順自己旗下的族人會不會被父親和兄長瓜分。此時的他，一心只想遠離那個讓他心傷的地方，遠走他鄉，希望能透過遠行與流浪，讓起伏不定的心情平靜下來。

就在戰族進行祖祭時，戰天穹已經隻身一人離開了戰族所在的城市，乘上遠行的交通工具，決定要前往新界拓荒。

這時的新界，還充斥著許多未知的區域，無數的探險者深入其中，想要在開拓地圖上留下自己的名字與足跡，這對當時的探險者而言是一種榮耀，也是一個飛黃騰達的機會。

可惜當時人類的戰艦還不如現今的結實，在新界那些強悍的變異野獸爪下抵擋不了幾個回合。於是人類只得放棄透過宇宙戰艦開拓新界的念頭，轉而從平地探索開拓。

曾有人因為誤入未知區域的險地，機緣巧合的發現了一處無強悍變異野獸守護的星力原礦礦脈，因而大發橫財。只是這樣的人終究只是少數。

可人類的探險欲望強烈，哪怕有無數的人因為探險而死去，卻還是有更多的人前仆後繼加入探險的行列。

戰天穹選定了當時一塊據說存在著許多強大變異野獸的未知區域，一來可以滿足他想要透過戰鬥宣洩情緒的願望，二來又能在戰鬥中繼續磨練自己的實力，三來更可以墾荒開拓，或許裡頭會有戰族往後會用得上的資源也不一定。

在祖祭這種重大的日子離家出走，戰天穹說不愧疚慌張是騙人的。那莊嚴虔誠的重要祭祀之日，透過祖祭凝聚上下一心，是他自出生以來印象最深刻的記憶。

只是，這一次的祖祭日因為牽扯上了族長繼承大典，他實在不想面對那用著冰冷目光看待自己的父親，也不想去面對自己努力了那麼久，最後一切卻因為父親的偏愛而無事能成的窘境。

所以還是離開好了。等過段時間，他能夠心平氣和的看待此事時，再回去族裡吧……反正無論他去了哪裡，都不會有人擔心他或期待他回家。

現在的他，只想用老方法來撫平心裡的怨怒與悲憤。只有在戰鬥的時候，他才能從鮮血與敵人的哀號中找回生命的意義。

戰天穹這一離家，就在外頭流浪了三年。

這段期間，戰天蒼經常會收到戰天穹又開拓了哪一處未知區域，並且發現了哪些無人資源要家族派人去接手跟和打理的消息。這讓戰天蒼知道，哪怕戰天穹離家，仍是一心掛記著家族。

只是，即使戰天穹透過這樣的方式協助家族，戰皓宇仍因為戰天穹接連三年都沒有出現在祖祭日上而怨怒頗深。

而遠走他鄉的戰天穹，已然喜歡上這樣的流浪生活。沒有父親的冰冷要求，他不用再試圖向父親證明什麼，不會再看到成為族長的兄長，自己也能放下爭名奪利的心態，專心一致的成長修煉。

或許，他天生適合這種單純為戰而生的生活。

他獨行一人，全憑著喜好與直覺尋覓某一個方向前進。

就在某次深入一處未知區域的林地時，戰天穹忽然感覺到了某種難言的異樣感受，就好像，有什麼東西正在呼喚他似的——那是一種來自於靈魂深處的呼喚。

某種激動、陌生的情緒在心底流竄，好像在告訴他，一定要前去該處。

在猶豫了一段時間以後，戰天穹還是循著呼喚，踏上了呼喚之感傳來的方向。

隨著越接近那個方位，戰天穹感覺到那種情感更加深刻了。

終於，戰天穹來到一處被異樣光膜覆蓋的所在。

看著那極具標誌性的光膜，戰天穹知道自己來到了新界在探索初期發現的一處神秘未知的所在。這層光膜阻擋了人類前進，無論使用何種武器都無法將之破解。光膜裡頭究竟存在著什麼，是人類科學家一直試圖在破解與探索的秘密。

這不由得令戰天穹感覺不解……就彷彿，有一部分的自己被遺忘在光膜之中，正呼喚著他，等待他前去取回一樣。

戰天穹繞著光膜外圍漫步了一圈，來到一處感應最為強烈的所在。

他抬手輕觸那層不透明色澤的光膜，可以感覺到指尖觸上一處絕對堅實的所在。哪怕裡頭的呼喚仍存，但這層光膜卻阻擋了他的前進，隨著時間漸久，戰天穹不禁開始焦躁起來。

最後他只得採取笨方法——暴力破解。

他開始將光膜當成了修煉對象，日復一日的重拳攻擊同一個位置，想透過滴水穿石的方式，集中攻擊一處，藉此破解光膜。

戰天穹持之以恆的擊打著光膜，幾年時間過去了，某一天那自被發現以來未曾因為外力攻擊而有任何變化的光膜，竟然在他的拳頭底下，發出了清晰又突兀的一聲脆響。

戰天穹一愣，卻是沒能來得及收起已經擊出的下一拳——

脆響再起。眼前的光膜忽然出現了顯而易見的蛛網裂痕，自重擊的所在向外擴散。

當光膜在眼前碎裂，那種來自靈魂深處的呼喚更明顯了，因此戰天穹幾乎是沒有多加思考，便向前踏進開始崩潰的光膜之中，直朝光膜中心的某處前進。

這是一片唯有深紅色沙土的區域。光膜外圍還保有草木綠地，這裡頭卻是寸草不生，放眼望去盡是深紅，荒涼的有些異常。

就在光膜中心，有一座雙角螺旋通天的高聳角柱。鐵灰色的龐大柱身，再搭上四周的荒涼景色，給人一種極其壓抑的感受。

不理會其他人，戰天穹率先踏入其中。他彷彿未曾感受到那份壓抑似的，直往正中心的角柱走去。

駐紮在附近的探險隊注意到戰天穹竟然擊破了光膜，抱持著想分一杯羹的僥倖心理，也跟著他的腳步進去，卻因為那沉甸甸壓在心頭的感受而各個面色凝重。但恐懼沒有令眾人退卻，探險隊成員繼續跟著戰天穹深入其中。

『我找到你了……終於，我找到你了——！』某種存在用著激動、感慨、憂傷且帶了幾分瘋狂的聲音，在戰天穹的腦海中如此說道。

『來吧，我的靈魂本體啊，快來我這裡，合一的時候到了。唯有如此、唯有如此我們才能……』聲音不由得帶上了幾分哭音與悲傷，像是想到了什麼令它傷痛的事情。

戰天穹形同著了魔，幾乎是不受控制來到角柱前方，心臟隨著越發接近角柱而加快了躍動。

後方的探險隊成員顯然很有探勘這種未知神秘區域的經驗，一位似是隊長的人在見到戰天穹毫無防備的走進角柱，狀似就要抬手碰觸鐵灰角柱，不由得出聲警告。

「等等，別碰那東西——」

但他還是遲了，戰天穹的掌心仍是放上了雙角柱的其中之一。

幾乎就在瞬間，鐵灰色的雙角柱身上遽然亮起了刺眼的紅光，無數神秘的楔形字符猛地出現在柱身上。

看著這一幕，先前那位出聲警告戰天穹的探險隊隊長高喊了一聲「遺跡被啟動了，快逃」以後，轉身向外拔腿狂奔。其他探險隊成員也在隊長語出警告之時，跟著轉身逃跑。

憑著他們豐富的探索經驗，自然知道角柱的異狀意味著危機將至。

至於站在最前方的戰天穹，根本無人去照看他的下場。

鐵灰角柱發出了沉悶的嗡鳴聲，彷彿在宣示自己的甦醒。

探險隊成員們亡命狂奔，只是不知何時，他們腳下的深紅色沙地忽然變成鬆軟的泥濘，就在幾次呼吸之間化作了一片恍如泥沼般的血海，而踏在血海之上的眾人，不約而同感覺到了由雙腳向上攀升的痛楚！

那異常的血海，竟然腐蝕了他們的雙腿！

當一位狼狽摔倒血海的同伴在眾人眼前瞬間化作枯骨融進血海的瞬間，就像是引爆絕望炸藥的燃火，讓所有跟著戰天穹走進光膜內部的人們驚恐的尖叫出聲。

戰天穹在碰觸到角柱的霎時回過神來，但隨之而來的是一種異樣力量闖入體內的猛烈痛苦。

一股灼熱的力量從貼著遺跡的左手傳了過來，那開始蔓延的楔形文字像是被他的手吸進體內一樣，變得扭曲——

左手傳來燒灼般的劇痛，讓他痛喊出聲。

但詭異的是，戰天穹明知道自己在吼叫，卻聽不見自己的聲音，完全的寂靜。

滾燙的感覺蔓延左臂，融進血肉骨骼、穿過肩臂身軀，直讓他左半邊的身子彷彿澆淋了極為高溫的熱水一樣，就連臉龐眼眸都疼痛的像要炸裂似的。

那異樣的聲音驚喜喊道：『太好了！我終於找到你了！我的靈魂本體啊，和我融合為一，成為完整的靈魂吧！為了保護「她」，我們必須吞噬更多的血肉靈魂變得更強！』

戰天穹在回神以後頓時察覺到不對勁，他為自己竟然連思考也沒有就接近這詭異的螺旋角柱，並且因為碰觸而引來此等異常而驚怒不已。

下意識的，他開始調動全身的星力試圖抵抗那入侵體內的詭異力量。

『別抗拒我啊。』那道聲音如此說著，卻笑得無比邪惡。『我可是等你等了千年了啊……』

戰天穹渾身顫抖，額間落下斗大的汗珠，身體像是要從骨頭開始燃燒起來似的，令他痛苦不堪。他試著勉強睜開雙眼，想看清楚眼前的畫面時，卻看見自己碰觸的那根角柱正在扭動，彷彿要鑽入自己的左手掌心一樣。

——這是怎麼一回事？！

戰天穹驚愕莫名的看著自己的左手。

此時那隻手本來的古銅色澤不在，取而代之的是與遺跡同色的鐵灰與紅色楔型文字——他跟遺跡同化了嗎？！

『戰天穹、戰天穹……』聲音低語著他的名字。

就在同時，戰天穹腦海中驀然閃過從小到大的記憶畫面，很多是他已經忘記的孩童往事，還有那一幕幕不堪回首，被父親推拒排斥的痛苦記憶……

該死！這座遺跡在讀取他的記憶！

戰天穹瞬間了然對方此舉的意義，令他萬般震怒，那是他極為私人的記憶，怎能隨意被這樣閱覽讀取？！

『好恨。』聲音突然用著沉重的語氣如是說道：『為什麼父親從來都不看我一眼？』

那沉痛的語氣敲進戰天穹心裡，喚醒了那心中的怨恨與悲傷。

『明明我已經很努力了，努力變強，希望父親能像看著兄長一樣看著我……』

『我只是，想要聽父親對我多說幾句話而已。』

『父親，請看我一眼。』

『拜託。』

『……殺人凶手。』

『殺人凶手、孽種、逆子——原來父親是這樣看待我的嗎？』

滿腔的仇恨痛苦席捲而來；聲音在言述戰天穹過往內心情緒時，也一同將他心中的陰森放大了無數倍，沉重得讓他爆吼出聲。

「住口！」不要把他的內心話全都說出來，那令他感覺慌張。

『為什麼父親只看著兄長？都是兄長奪去了父親的目光。兄長一定也將我視作殺人凶手對吧？他也覺得我不應該被生出來，覺得我的誕生是場錯誤……』那聲音如此說著，帶上了幾分悲傷與了然，就像是那聲音也能理解戰天穹不被承認的痛苦。

『只是……』聲音變得充滿憤慨，『我不甘心！為什麼是我？為什麼！』

『我的誕生錯了嗎？我只是——只是希望被愛啊！』

它咆哮著，那深刻傳進戰天穹心中的不甘之情與渴望愛的情緒，卻引來了戰天穹的共鳴。有那麼一瞬間，戰天穹以為那詭異的聲音就是他，另一個擁有不同故事的他……他們同樣為了自己的誕生而痛苦、為了自己不被認同而憤慨、因為渴望愛而被傷害。

戰天穹忽然迷失在過往的痛楚之中，頓時失去抵抗異常力量的入侵，任憑那詭異的角柱融進自己的身體之中。

雙螺旋角柱上頭的紅芒更甚，並且開始形成恍如實質的紅霧，開始無止境的擴張、擴張、再擴張——然後，吞噬一切！

將所有附近的生靈全都吞噬，連帶血肉靈魂一起！

就在紅霧瘋狂擴散，並且將本來駐紮在光膜外圍的探險團隊與研究組織全都吞噬後，這些人將死之前所發出的緊急求救訊號，頓時引來世界各處的關注。

隨著魔陣噬魂的甦醒，與他相對應的、建造於新界另一處的神陣也跟著甦醒了。

神陣的本體意識在魔陣發生異常變化時，遽然轉醒。

在無盡綿延的血海之上，一抹小小的人影突兀出現。那人有著一頭湛藍色的髮絲、金燦色的眼眸，是一位模樣只有十歲出頭的男孩。

男孩略微冷淡的眼神掃過那些正在血海中不停掙扎的人們，卻沒有出手相救。他的目光最後落在血海中心的角柱上，並且注意到了那傻愣在角柱前方的赤髮男子。

「哦？竟然有人能在接觸噬魂還能不死？」男孩的眼神終於有了人性的神采，滿是好奇。

隨即，男孩注意到了雙螺旋角柱的其中之一正在融進赤髮男子的掌心之中，這令他不由得一愣。瞬間，像是想到了什麼，他的神情登時激動起來。

「融合──能讓噬魂決定主動融合的，只有噬魂的靈魂本體而已！原來他之所以甦醒是因為遇見靈魂本體了嗎？！」男孩激動不已，眼神滿是喜悅與震驚。「父親大人明明找不到噬魂的靈魂本體何在，沒想到竟然會在此時此地遇上！莫非，這就是我們一直在追求的『奇蹟』嗎？」

只是眼下的情況似乎不適合他思考事情，紅霧擴張的速度越來越快了，由本來光膜所在的區域往外擴散了足有兩倍之遙，將綠地叢林全都化成了一片血海。若是不制止，無限擴張的血海將會帶來嚴重的危害！

男孩略一皺眉，彈指召出了無數符文，重新建立起一道全新的光膜阻隔紅霧與血海的擴張。只不過，僅僅一道光膜仍無法制止噬魂爆發出來的力量，男孩只得不停的在外圍建造一層又一層全新的封印光膜，將紅霧封困其中。

直到建立了整整十三層封印光膜，阻止了紅霧與血海的擴張後，男孩才終於收手。他腳下閃過湛藍色的符文光輝，人影消失，轉瞬來到魔陣噬魂的中心所在。

此時的戰天穹由於實力還未達能夠完美承受魔陣之力的狀態，融合魔陣的速度大大下降，並且肉身有瀕臨崩潰的狀態，令噬魂萬般焦急。

而在男孩靠近魔陣以後，那神秘聲音的主人似乎有些震驚。

『——羅剎，是你？！』

震怒的吼聲傳進男孩心中，卻是讓男孩靦腆揚笑。

「是我，好久不見了，噬魂。」男孩絲毫不在意神秘聲音語中的敵意，親切的模樣就像見到了久別重逢的親人那般親暱。

神秘聲音帶上了幾分警戒，紅霧將戰天穹包裹其中，像是保護他似的。

『你怎麼會在這裡？巫賢那傢伙也醒了？！』

「不，父親大人還未醒來。只有我被你的異常變化驚醒了而已……」男孩看著紅霧中心此時神情迷茫的赤髮男子，好奇問道：「噬魂，這是你的靈魂本體嗎？長得跟你以前的虛影很像呢。」

隨後，男孩感慨道：「辰星知道的話，一定會很高興你終於能與你的靈魂本體合一了吧。」

男孩語中的某個名字，似乎激怒了鐵灰角柱的意識。

它怒吼道：『閉嘴，不准提她的名字！若非你們，辰星不會死的！』

「但她又活過來了。」男孩目光清澈的望著角柱，「父親大人和母親大人給了辰星全新的生命和機會。與其憎恨，不如好好的和你的靈魂本體合一，好在未來辰星降臨時，能夠與她相逢並且保護她吧。」

男孩看了赤髮男子一眼，向角柱提醒道：「不過你的靈魂本體似乎沒辦法承載你的全部力量，你再這樣一意孤行，恐怕他會先崩潰死去。還是先暫停完整的魔陣融合吧，現在的你連控制自己的力量都辦不到，若是勉強融合，恐怕會造成你的靈魂本體在精神與肉體上的雙重崩潰。」

『……』

聲音沒有回答男孩，卻是在一半角柱融合進戰天穹體內後，停止了融合的舉動。

此時的戰天穹，左半身已然化作鐵灰，鮮紅色的奇異文字烙在他的肌膚上，微睜的左眼化作紅黑，詭譎猙獰。只是他的意識陷入一片混沌，朦朧不清。

良久後，聲音才幽幽的問道：『辰星什麼時候降臨？』

男孩彈指召出了符文似乎在閱覽什麼，「大約在五千年以後。」

『好久，不過我願意等。』聲音輕嘆了聲，『我的本體還有很多課題要進行。我先選擇意識與他融合，正好他的內心有個很大的缺口，那麼就由我來成為彌補他內心缺口的存在吧——希望他能夠接受將要成為他黑暗面的我。』

『然後，五千年後，我們一起守護我們靈魂的摯愛。』

男孩輕輕笑了，問道：「你就這麼肯定他會和你一樣，愛上轉世重生的辰星？」

聲音張狂又肯定的大笑出聲，堅定回道：『那是當然！因為我們的靈魂，就是為了與「魔女」相愛而誕生的。哪怕我沒能與我的靈魂本體融合，他就算先一步遇上轉世的辰星，也會受到那來自於靈魂深處的呼喚，而與辰星互相吸引、彼此相愛的。』

聲音的語氣隨即帶上了幾分警告：『羅剎，我還無法完全相信你，但我們同樣是為了守護辰星而誕生的存在。我坦承說，我將要融進他的體內，可是要完全成為他內心的黑暗守護者需要一段時間，這段時間，你能代替我照看他嗎？』

「這是你第一次拜託我呢。」男孩的聲音帶上了幾分雀躍與激動。「好，我答應你！因為我們是一起被父親大人創造出來的存在，以人類的角度來說，我們可是兄弟哦！」他拍了拍胸膛，臉色因為激動而泛起了淺淺紅暈。

『哼，兄弟……』聲音冷冷一笑，卻是不怎麼贊同男孩的發言。

「睡吧，噬魂。你的靈魂本體就交給我照看吧。」

噬魂不再言語。它將自己的意識自魔陣中移出，潛入戰天穹的內心深處。

自此，噬魂成了戰天穹的黑暗面，卻不是為了毀滅他，而是成為守護戰天穹內心黑暗的存在——直到許久以後，戰天穹因為君兒的緣故決定面對自己體內的噬魂，並與之合一，才從噬魂的記憶中了解這段過去。

只是對當時的戰天穹而言，噬魂終究是外來的意識，它的行為看在戰天穹眼中，只是一場惡意的入侵而已。

Chapter 05

是要後悔，還是遺憾？

戰天穹自漫長的昏迷之中醒了過來。方甦醒，身軀各處便如實將痛楚傳遞了過來，直讓他劍眉緊鎖。

「醒來了？」稚嫩的男孩聲音傳了過來。

戰天穹朝聲音傳來處看了過去，便見到一位幼小男孩正睜著一雙金色的大眼睛，好奇又玩味的看著自己。他轉頭略微掃視四周，注意到自己正躺在一片血海之上，周身紅霧繚繞。一旁的雙螺旋角柱僅剩一座。

戰天穹語出困惑的問道：「這是……怎麼一回事？」

男孩向他概略解釋了一番魔陣與他融合的情況。

戰天穹登時瞪大了眼，卻是震怒：「你是說，我的體內現在有一個不屬於我的意識存在？那失蹤的半座遺跡其實寄生在我體內，與我融合了？！」他看著自己鐵灰與紅印交錯的左手，一臉不可置信。只是在震怒過後，戰天穹狐疑且一臉防備的看著突兀出現在此地的男孩。

「你又是什麼人？」戰天穹冷聲問道。

男孩靦腆一笑，回道：「我叫『羅剎』。應該算是這座『魔陣噬魂』的兄弟吧……我是另一座建造在這顆行星上另一面的神陣意識。誠如你所想，我並非人類，這具軀體只是我嚮往人類模擬而成的身軀。」

「我知道你叫『戰天穹』，噬魂能找到你這位靈魂本體，很高興呢。」

戰天穹卻絲毫不覺高興，他只覺得噁心！自己的身體被莫名其妙的存在寄生，還變成這副德性——他看著自己鐵灰色的左手與上頭的紅印，沒意外的話，搞不好自己的臉龐與衣服遮掩住的身軀部分也變得跟左手一樣。

他可不想在離開這裡以後，被人用「怪物」那樣難聽的字詞稱呼！

「把我變回來！」戰天穹語氣冷漠的向男孩下達了指示。既然這位自稱「羅剎」的男孩知曉一切前因來由，想必一定能夠幫助他。

男孩微微揚眉，問道：「你不喜歡你現在的樣子嗎？」

「這種噁心的模樣誰會喜歡？！」

「喔……看樣子我得重新學習與了解人類的審美觀了。好吧。」男孩抬手召出了符文，熟練俐落的將那複雜的符文圖樣組合成一組全新的序列，但因為沒有載體可以寄存符文，他只好將這組符文暫時性的設置在戰天穹的衣服上。

只見戰天穹身上出現了片刻扭曲，但在穩定以後，他身上的鐵灰紅印頓時消失不見，恢復成

本來肌膚的顏色。

羅剎提醒道：「你的身體狀態只能用這種方式遮掩起來，等之後找到更好的材料，我再幫你做一個拆脫方便的飾品設置符文吧。」

羅剎此舉令戰天穹大為震驚——在這之前，他從來沒有見過新界上有一人能將符文運用得如此熟練！

自稱非人，為神陣本靈，又能隨手把玩符文的神秘男孩……

戰天穹對羅剎的身分更是懷疑了。

羅剎笑容天真的提醒道：「對了，因為這只是暫時性的符文，過段時間我得重新再幫你設置一次，所以這段時間我必須一直待在你身邊囉，請多多指教。」

戰天穹沉默的注視著羅剎許久，這才認知到自己恐怕就如他所說的那般，得暫時與他和平共處了。要不然，他可不敢想像自己如果行走在人群之中，萬一突然嶄露那樣猙獰可怕的容貌，會惹來什麼樣的言論與風波。

父親絕對不會希望他為戰族帶來負面名聲的。

儘管戰天穹沒有答覆羅剎，但羅剎卻硬是賴上了戰天穹。這可是羅剎第一次實際接觸到除了自己的父親大人與母親大人以外的人類，再加上對方是噬魂的靈魂本體，相信他一定能在對方身邊學到很多事情；而且又能照看對方，何樂而不為呢？

魔陣的異常引來各界關注，戰天穹早早就帶著羅剎離開此地，繼續深入未知區域探索。

在某次與變異野獸戰鬥時，受傷的戰天穹無異間發現自己的血液竟然染上了鐵灰色澤，並且讓碰觸到他血液的生命因而失去理智，變得瘋狂渴望他人的血肉。

這讓戰天穹驚愕萬分，他這才明白自己在被魔陣寄體時，身體也產生了變化——他將這能令人瘋狂的狀態稱為「詛咒」，魔陣的詛咒。他根本不能認同魔陣寄體是因為魔陣的意識是他的靈魂碎片，更何況遺跡寄體害他變得如此，這讓他更加無法接受噬魂的存在。

戰天穹必須小心翼翼的不讓自己受傷，以免血液汙染其他生命。就算受傷，他也得遠避人群與生命，試著不讓自己身上的「詛咒」感染任何生命。

只是，逃避終究不是辦法。戰天穹只能藉由提升自己的實力，減少受傷的可能性，並且在不久後，他終於能使用星力於周身形成透明的薄膜，避免受傷時自己的血液飛濺。

在戰天穹這段艱苦遠離生命體生活的日子裡，當時對人性並不理解，對任何事情都充滿好奇

心的羅剎，卻成了這個世界上唯一能與戰天穹談話而不會被他的冷漠逼退的存在。

羅剎可以說是戰天穹在這個世界上的第一個「朋友」……

或許是因為羅剎知道他的秘密，又或許羅剎不會因為自己的冷漠而遠離自己，又或是羅剎跟自己一樣都不是人類……

自從身軀染上鐵灰、帶上詛咒以後，戰天穹頓時對自己是否為人一事感到懷疑。他小心隱藏著自己變得異樣的容貌，害怕自己的秘密有朝一日被發現時，會被旁人嫌棄與恐懼。

過去的他已經受夠了父親的排斥，他不希望連旁人都用異樣的眼光看待他。

這使得戰天穹不敢回去族裡，只是偶爾前往城鎮打聽與關注戰族的消息。

就在戰天穹流浪時，向新界外圍探索的宇宙探險隊竟然發現了一層彩虹光膜存在，並且在環繞於光膜外的碎石帶上，發現了純度極高的星力原礦。

然而，人類也在碎石帶上發現了兩支對人類充滿強烈敵意的異族——龍族與精靈族的存在！

人類巧合的發現那層後來被命名為「虛空屏障」的彩虹光膜能夠阻擋異族的入侵，但人類卻能不受限制的進出。

「虛空屏障」的存在無疑保護了人類，激起了人類不顧大敵環伺，向碎石帶探索開採星力原礦的行為。人人都想前往碎石帶開採星力原礦發一筆橫財，也就在這個時期，人類社會中的強盜第一次正式進軍宇宙——此稱星空強盜，「星盜」一詞自此廣為人知。

只是一段時日以後，人類卻監測到虛空屏障正在減弱，兩大異族的先鋒隊在虛空屏障外開始巡弋，似乎在等候虛空屏障衰弱得無法抵擋他們前進時，一舉進攻新界。

儘管人類曾對兩大異族表達過希望能夠和平共處交流的意願，卻收到拒絕與慘痛的血淚教訓，這讓人類明白，那環伺在碎石帶、被虛空屏障阻擋腳步的兩大異族不但沒有可能成為盟友，而是互為死敵的身分。

隨著虛空屏障逐漸衰弱，人類世界陷入一片愁雲慘霧之中。

雖然此時已有不少人類強者誕生，但面對體積龐大的巨龍以及擁有神奇技術的精靈族，人類還是沒有戰勝敵人的信心。

戰爭即將展開，戰族對外發出了召集令，要求在外遊歷的戰族人歸族。戰族再一次的被人類集體委託擔當應戰大敵的前鋒。儘管此舉將會導致大量戰族人死去，可是戰族人絲毫沒有退縮畏懼。

戰天穹最後還是回到了族裡。

只是此時的他，因為詛咒在身，那變得更加暴戾弒殺的性格，讓他渾身充斥著生人勿近的氣場。僅僅是目光對視，就能讓人失去與之一戰的勇氣。

羅剎為了方便行事，在戰天穹的要求下化身為成年男子的模樣。他的妖異樣貌與一身奇異的符文技巧，惹來戰族不少人的關注重視。羅剎為人類展現了原來那充斥在生活各處的符文技巧也能運用在戰鬥中的全新思維，令不少不擅戰鬥卻擅長符文技巧的人，開始思考要如何才能將符文運用於己身協助戰鬥。

＊＊＊

「回來了。」

戰天蒼看見終於歸來的戰天穹，第一次對這位兄弟揚起了自爭奪族長之位關係決裂以後的燦爛笑容。而戰天穹經過這段時間的流浪也成熟了許多，面對兄長這樣的主動示好，他輕輕點頭表示回應。

戰皓宇此時已然蒼老，但對待戰天穹的態度卻更加惡劣。他冷冷的看著那渾身血氣四溢的次子，深深的皺起了眉。

「你還有臉回來？」戰皓宇冷聲質問。「在祖祭上失蹤這種事你也搞得出來，真是丟了我的臉。」

氣氛頓時因為戰皓宇的這番話變得僵硬。

羅剎在一旁好奇的關注這戰族一家三口之間的氣氛與互動。

戰天蒼臉色一僵，卻是對戰天穹歉意一笑。

然而戰天穹卻沒理會他，只是漠然的看著父親，許久未曾有過情緒波動的內心，再一次因為父親的冷言而燃起了怒氣。但他卻強制壓下了內心的憤怒，轉頭對著兄長開口說道：「對戰龍族的位置留我一個。」

戰天蒼眉頭一皺，神色看起來卻是不怎麼贊同。

「天穹，龍族的單體實力相當於人類三到四位左右的星界級強者，你可有把握？」

戰天穹卻在此時笑出聲來，臉上的神情盡是自豪。對自己實力的自豪！

「我已踏入星域級，你無須擔心。」

「星域級……！」

戰天蒼先是一愣，隨後卻是激動的漲紅了臉。

在這個時期，星域級是新界極少數人才能達到的可怕等級。當時的新界，達到星域級的人，一隻手都能數得出來，由此見得其修煉之困難。

一旁的戰皓宇更是驚愕，臉上有片刻的驚喜情緒閃過，隨後卻是被冷漠取代——他依然是那個不擅對次子表達鼓勵與欣賞的頑固父親。

可惜，戰天穹卻正好因為看著自己的兄長，而錯過了一旁父親在轉瞬間出現的喜悅之情。若他知道父親曾對他有過這等欣慰的情緒，恐怕最後也不會有那場人倫悲劇的發生。

就在坦承自己的實力等級以後，戰天穹沒有向父親打招呼，便帶著羅剎轉頭離開。

戰皓宇因為戰天穹的漠視，心中某種矛盾又氣憤的情感升起。他額上青筋直抽，對著戰天穹離去的背影，沉沉的冷哼了聲。

戰天蒼在一旁嘆息。

戰族將要面對最艱辛的一戰，戰天穹的戰力絕不可少，能有這樣強力的族人存在，想必能夠在戰場上多保全一些戰族的薪火吧……

「那是你的父親和兄弟？看樣子你們的關係不是很好哦。」羅剎好奇的回首望著站在大廳裡的兩人，沒有忽略戰天穹在見到這兩人時內心一瞬間的情緒波動。

戰天穹沒有回答他，只是眼神染上了幾分惆悵。

羅剎見他不答話，也不追問，他自然有其他方法可以探聽消息。

因為戰天穹許久未歸，他過去的住處早就在戰族內部重新規劃時劃分給其他族人了，戰天蒼只得重新安排他的住處，並且將戰天穹過去遺留在住處內的一些私人用品歸還。

久未歸族，戰天穹竟然對此時的家族感覺陌生。陌生的族人、陌生的家族格局、陌生的新住處……長年生活在戶外的他，竟然不習慣這樣舒適又安全的環境了。

『呵，哪怕我過了那麼久回來，父親對我的敵意依然沒有減退啊。』噬魂帶著幾分自嘲的語氣，將戰天穹的內心話說了出來。

戰天穹眼神一凜，冷聲道：「滾回去，不要窺視我的內心！」

羅剎一個挑眉，知道是噬魂又在嘗試與戰天穹溝通了。只是顯然效果不是很好。

噬魂在過去就是個性情偏屬極端與陰沉的存在，在成為戰天穹的黑暗面以後，更是變本加厲。戰天穹也因為這寄存於體的外來意識，對噬魂敵意十足。

噬魂就如同一面鏡子一樣，如實將戰天穹的敵意反回饋給他。

直到千年以後，戰天穹決定要為君兒堅強，並且坦然接受噬魂是自己的黑暗面以後，他才明白，噬魂並不是討厭他，只是因為自己的敵意與排斥，而讓噬魂最終成為了映照他負面的存在。

只可惜，當時的戰天穹並不知道噬魂的本意。他無時無刻提防著噬魂，將之當成意欲侵占自己身體的外來大敵看待。

而之後爆發的事件，更是讓戰天穹將一切罪責全都怪罪到成為黑暗面的噬魂身上……

＊　＊　＊

不久後，所有的戰族人整裝待發準備趕赴第一線的宇宙戰場，戰天穹也是其中一員。

由於戰天蒼為了鼓舞自族人，將戰天穹的實力等級公布了出去，無疑讓戰族人多了幾分迎戰大敵的底氣。

這一次，戰天蒼礙於族長身分，必須留守族中固守家族，便由老一輩的戰皓宇以及幾位長老，偕同幾位擅長指揮戰鬥的戰族人，親上前線指揮作戰。

戰天蒼考慮到或許這一次的戰爭會有重大死傷，就怕戰天穹與父親會因此錯失談和機會，便將兩父子安排在同一艘戰艦、同一個隊伍之中。只是面對戰天蒼的用心，戰天穹與其父卻是絲毫不領情。

單人的戰艦艙房裡頭，戰皓宇神色抑鬱的站在觀景窗旁，沉默的仰望著窗外飛掠的星空。他掙扎了很久，仍然沒能夠提起和戰天穹主動談話的念頭。

他不只是身體老了，連心也老了，已經不再像過去那樣那麼排斥戰天穹了，但為何固執的心情卻仍舊沒有老去？

另一方面，戰天穹因為再次見到父兄，內心的平靜被打破，黑暗取而代之。

噬魂的發言令戰天穹倍感煩躁，這讓他時不時的就忽然對著空無一人的所在自言自語或是咆哮出聲。

羅剎一臉淡定，顯然已經習慣戰天穹的突來失控，可旁人卻覺得古怪。

這個消息自然傳進了戰皓宇與其他長老耳中，引來他們的關注。畢竟戰天穹可說是戰族現有戰力中最強的存在，可不能在還沒上戰場前就出差錯。

暗中觀察了一段時間以後，幾位對修煉頗有心得的長老，面色沉重的總結出了一個可怕的結論——戰天穹可能被「心魔」所擾了。

「心魔」一詞令眾人不約而同凝重了表情。

實力越強之人就越容易受到心魔的干擾，除非是心性堅定之人才能通過心魔這關，否則很有可能會在修煉時走火入魔，成為力量的奴僕。由戰天穹過去的經歷來看，很顯然即使他擁有對修煉的強烈執著與意志力，卻不代表他擁有一顆強悍的心靈。

眾長老不禁看向神情微微蒼白的戰皓宇，多少猜得出戰天穹的情況與他父親有很大的關聯。

「皓宇，你找個時間和天穹談談吧。」一位長老連連搖頭，語重心長的提醒戰皓宇。「他的心魔就是你這位父親啊……」

戰皓宇的臉色轉為鐵青。最後，他才悶著聲回道：「我知道了。」

身為前任族長的他哪怕老了也是行動力十足，幾乎就在他答應長老的當下，立馬快步直接來到了戰天穹的艙房前，主動敲響了戰天穹的房門。

就在戰天穹面無表情的打開艙房，卻看到父親站在自己房門口時，神情竟然浮現幾分驚愕，顯然沒料到父親會忽然找上門來。

兩父子相視許久，然而戰天穹卻絲毫沒有請父親進房的意思——因為他正在困惑為何父親忽然找上門，他從來沒有這般驚慌失措過。

「不請我進門？」戰皓宇板起了臉，下意識的又用過去那冰冷的態度說話。

戰天穹這才回神，恐怕父親此次前來不是要進行什麼溫馨談話了，便沉默著讓開了路，讓父親走進自己的房中。

羅剎在房間的觀景窗旁仰望著星空，見戰皓宇進房只是微笑點頭算是打過了招呼，也沒有自覺要迴避這場父子之間的談話。

戰天穹也沒有要求羅剎離開，直讓戰皓宇劍眉深鎖。

戰天穹純粹是因為羅剎擁有壓制自己的能力，避免父親說了什麼令他氣血直升的話語，可以抑制自從他被噬魂寄體以後變得越發暴虐的性格。

「父親此次前來是為何事？」戰天穹冷漠疏離的問道。

戰皓宇乾咳了一聲，語氣嚴肅的反問一句：「沒事不能來找你？」

戰天穹的目光明顯有著質疑，絲毫不相信戰皓宇沒事會來找他。

兩父子又陷入一陣沉默。

相較於氣氛尷尬的兩人，羅剎在一旁看風景倒是看得頗為自得其樂，絲毫沒有因為自己一個外人在場而感覺突兀。

良久後，戰皓宇這才開口打破沉默：「天穹你……是不是正為『心魔』所擾？」

戰天穹眼角一抽，卻是陰沉了臉色。他握緊了拳，想到了自己的狀況，不由得感覺慌張。莫非父親察覺到了什麼嗎？

「無須父親擔心。」戰天穹語氣疏離，不想被父親察覺自己的異狀。

戰天穹的冷漠態度讓戰皓宇心生火氣。怎麼過去這孩子是那樣的期待自己的關注與談話，但等自己真正上門意欲談話時，卻是這副死德性？

「你跟自己父親說話用這種態度對嗎？」戰皓宇語氣含怒。

戰天穹微瞇眼眸，眼神帶上幾分防備，語氣嘲諷：「父親此次前來，莫非就只是為了關心我的心魔狀況？曾幾何時您也知道要關心我了？您不是總忽略我的心情，也不曾關注過我的修煉，為何又忽然關心起我的近況來了？」

戰皓宇被說得臉色青紅交錯，有些惱羞成怒：「父親關心兒子有錯嗎？！」話才剛說完，戰皓宇就想起了自己過去對戰天穹的態度，不由得漲紅了一張老臉，卻是羞愧所致。

這是父親第一次主動關心自己，然而戰天穹卻絲毫沒有任何感動或開心的心情。他多少猜得到，八成是自己的異狀被察覺，父親被長老們要求前來和他談論心魔一事吧？也就是說，如果不是因為這件事，父親不會主動找上門來和他談話的。

直到現在才想要來表達自己的慈愛，會不會太晚了一些？

戰天穹笑得苦澀，眼神卻凜冽如冬。

一個是不懂得如何表達關愛，另一個則是不知道該如何接受關心。錯誤的態度注定了彼此間的誤會。

「父親這句話，說得可真是……令我有些受寵若驚啊。」戰天穹冷笑出聲，「以前那個總是將我視作眼中釘，覺得我會弒兄奪權，將我當成殺人凶手、剋母孽種的父親，竟然會主動關心我？這真是天大的笑話！」

戰皓宇因為戰天穹直白的發言，忍不住震驚了臉色。此時的他，還不知道戰天穹早在過去趁著他的一次酒醉，將他的真心話全都聽得透澈了。

「啊，我都忘了呢，父親還不知道我趁著您某次酒醉的時候，就從您口中得知了您是如何看待我的事情吧？我想想父親當初是怎麼說的……」

那段慘痛的記憶，深刻的烙在戰天穹心裡。當時父親醉酒時的每一句話，直到今日他都可以清晰的如實重複而出。

戰皓宇又是氣憤，又是震驚……還有幾分慌張惶恐。氣憤戰天穹趁他醉酒時試探他的想法，震驚於戰天穹竟然那麼早就知道自己是那樣看待他。

戰皓宇頓時了然為何戰天穹在某個年歲開始，忽然不再向他報備自己完成了哪些他交代的任務、不再用期待與渴望的目光看著他了——因為戰天穹早就知道，自己永遠不會得到他的關愛。

從那時開始，這孩子看著他的眼神，帶上了過去未曾有過的深刻絕望……

原來，是這個原因嗎？

原來，他早就知道了嗎……？

某種內心秘密被人識破的慌張情緒蔓延，令戰皓宇不發一語。

「我知道父親您這一次來是為了什麼。放心，我就算走火入魔，也會在戰場上瘋狂，而不是在這個緊要關頭走火入魔禍害自己的族人。」戰天穹語氣平靜，像是早就做好了走火入魔的心理準備。

「如果我真的在戰場上走火入魔，就請父親指揮族人遠離我，以免族人被我錯傷。若有必要，父親可以要求族人殺死我沒關係。父親如果沒有什麼事要交代的話，我想修煉了。」

戰天穹的逐客令一下達，還處於震驚狀態的戰皓宇，幾乎是頭也沒回的離開了房門。就在房門在他身後緊閉時，他才猛地回身，對戰天穹最後那句死意深重的發言愧疚不已，但事到如今，他明白以戰天穹的性格，這次談話怕是無疾而終了。

沉沉的嘆息一聲，戰皓宇老邁的臉龐顯得更加滄桑憔悴了。

在房裡，戰天穹站在門後，神情只有空洞與茫然。

可惜此時的羅剎對人情世故懂得不多，若是他能夠從中調和，或許戰天穹與他父親這次的談話，可能會以另一種截然不同的完美形式解決吧。

戰天穹心中此刻只有滿滿的後悔。後悔自己為什麼要搞僵氣氛，這可是父親第一次主動表示溝通的意思，他為何會在這個關鍵時刻鬧彆扭呢？

噬魂語氣沉重的發言道：『因為你們用錯方式去關心與愛護對方了。』

「你又不懂。」

『我是不懂，但我聽得見你內心的哭求——父親，看我一眼吧！再跟我說兩句話也好；請原諒我的任性與不成熟；請原諒我不知道該用何種態度面對你的關心，只能像個幼稚孩子一樣，用彆扭表達我對你這遲來關心的不滿……』

「閉嘴，不要再說了！」

內心話被噬魂講述而出，令戰天穹有種心中隱私被揭穿的窘迫感。

「後悔和遺憾，到底是什麼樣的心情呢？」羅剎忽然出聲了，他目光清澈的看著戰天穹，眼中有著對這兩個字詞的好奇。「這兩種心情如果真要選擇一種的話，你會選哪一個？」

戰天穹因為羅剎的問話，頓時感覺彷彿有一顆大石堵在心口上，沉重得讓他無法給出回答。

那一次，他沒有回答羅剎；而在事件發生許久之後，他才終於給出了回答。

……如果有那個機會，他寧願自己遺憾也不想後悔了。

事件爆發以後，他無比後悔自己為何沒能夠放下彆扭叛逆與冷硬的態度，好好的和父親談話一次？如果他願意先放下冷漠，或許未來就會不一樣了吧？

但這個世界永遠沒有後悔藥這種東西。

那樣的悔恨，將跟著他直到千年以後……

Chapter 06

臨陣入魔

宇宙曆十六年，人類的宇宙探險隊在探索星空時，發現虛空屏障的存在以及兩大異族——龍族與精靈族。同年，因為交涉失敗，人類與兩大異族爆發第一次衝突。

宇宙曆十九年，虛空屏障開始逐漸變得稀薄，科學家推測再過幾年虛空屏障的防禦能力將會降到歷年以來最低。此時，兩大異族察覺到虛空屏障的異狀，大量出沒在碎石帶上。人類有感戰爭將啟，廣召各方志士參與此次戰爭——這是人類第一次在宇宙中與異族展開戰鬥。

宇宙曆二十年年底，戰族兵分兩路，與其他家族、大型組織分成對戰巨龍與精靈的兩大隊伍，各自朝宇宙戰爭區域發進。

宇宙曆二十一年，虛空屏障正式進入虛弱期，兩大異族初次入侵新界……

自從先前幾次在碎石帶的短暫交手以後，人類大約對龍族的個體實力有了一個直觀的概念。

龍族雖然體魄強悍，但人類的戰鬥方式多樣且變化性高，再配合領域進行發揮，使龍族對攻破人類強者防線一事感到棘手；少有體積較為其他龍族龐大的巨龍擁有較強的戰力，便需要數位星界級強者聯手制衡。

戰爭一開始，龍族出場參戰的數量不多，但攻勢之猛烈出乎人類一方的意料之外，令人類有些措手不及。
畢竟這是人類第一次正面與龍族爆發戰爭，此次絕大多數的人類強者都是初次參與宇宙戰爭，在這之前並無與龍族對戰過的經驗。就在死亡數字直直攀升到某個數值以後，人類終於憑著可怕的學習與適應能力，掌握了在宇宙中與龍族戰鬥的步調，並且開始扭轉局勢，爆發了前所未有的戰力。
這可是攸關世界存亡的戰爭，所有身處第一線的戰士早已做好為背後故鄉身殞的心理準備。戰天穹自然也不例外，且由於他實力強大，一開戰就惹來不少龍族的注意與敵對。
儘管有其他強者輪替為戰天穹博得少許喘息的時間，但戰爭是不等人的，每分每秒都有生命死去。浩瀚的宇宙之中，開始出現屍體與因為失重而飄浮在宇宙中的血跡。
大量的血氣引來了經常處於沉睡狀態的噬魂注意。而當它自戰天穹內心深處醒來，第一時間就感覺到了龍族體內那來自於宇宙意識的毀滅之力！
那份力量，它曾在牧辰星身上感受過！當她覺醒為終焉魔女時，她身上的毀滅之力就與眼前這些龐然大物體內些微的力量感應完全相同！
巫賢曾經在將它改製成遺跡時，無意間提起宇宙可能會派遣其他的仲裁者前來，回收魔女的靈魂以及抹殺他和牧非煙兩位違逆命運的存在。

噬魂瞬間了解，眼前的這些巨龍，怕就是巫賢所說的宇宙仲裁者了……

此時的戰天穹即使個體實力強悍，可面對龍族的群攻卻是有些坐困愁城。這是他初戰宇宙，哪怕很快就掌握了戰鬥步調，但龍族或許知道他的危險性，絲毫不給他喘息的機會，想要將他抹殺當場！

羅剎跟著戰天穹一同出戰，自然也遭到了龍族的重點對待。因為符文的特殊性，戰場上近三分之一的龍族全都被覆蓋在羅剎的領域之中，他試圖想要殲滅這些宇宙仲裁者。這讓羅剎無法分神照看戰天穹的危勢。

不停的戰鬥，令戰天穹的精神狀況一直處在緊繃狀態。

『戰天穹，我給你我的力量，你絕對不能死在這裡！』噬魂想將自己的力量全然交託而出。

然而戰天穹卻拒絕了。

「滾！我不需要你的力量！」他身後還有父親在看著呢。可以的話，他想要撐到最後一刻才動用那份力量。

在被噬魂寄體後的這段時間裡，他除了發現自己的血液可以汙染他人心靈使之入魔外，也發現自己的精神力與領域不知何時變作了血海黑天，他的領域能夠吞噬他人的血肉靈魂，將之轉換為自己的力量……這樣掠奪他人性命成就自己的殘忍手段，直讓戰天穹內心發寒。

這樣的力量，可以說是大逆不道的邪惡法門。不到萬一，戰天穹不想使用那樣的力量……

只是，當在宇宙中來去自如的龍族闖入後方人類指揮艦區域的時候，戰天穹終於怒紅了臉色。

他的父親在那個方向！

但現在的他卻無法掙脫僵局前往支援——

在這瞬間，失去父親的惶恐大於一切。

不得已，他只得選擇接受噬魂的提議，解放那能夠吞噬萬物的力量。

血色的浪突兀的出現在宇宙空間中，最接近戰天穹的巨龍瞬間就被血海腐蝕了身軀。因為渾身的力量暴動，羅剎加持在戰天穹身上的遮掩符文同時失去了效用。

戰天穹第一次在世人面前展現了他的惡鬼容顏。

強悍的力量瞬間迷失了戰天穹的神智；然而儘管臨陣入魔，戰天穹的潛意識仍然記著要將那些龐大的敵人擊殺的念頭。

以一聲滿懷瘋狂情緒的咆哮聲作為開戰宣言，戰天穹飛速的趕至人類指揮艦所在的位置，對著在該處肆虐的龍族開始了一場令後人將他稱作「凶神霸鬼」的殘忍屠殺。

起初，人類還因為戰天穹大敗龍族而歡呼聲四起，但當戰天穹失去了戰鬥目標，將目光落到了自己的同胞身上，展開了無差別殺戮後，只剩下人類恐懼的叫喊聲。

在力量的驅使下，戰天穹只剩下戰鬥與吞噬一切的本能。

戰場上迷散著血氣，死亡的氣息令他感覺興奮。

直覺告訴他，他需要更多的死亡與血肉靈魂，那能夠讓他變得更強！

他得變得更強才行！這都是為了——為了……為了誰呢？

＊　＊　＊

在戰族的指揮艦上，戰皓宇神色鐵青的看著前方投映出來的畫面。

畫面裡，神情瘋狂的赤髮男子身處血海之中。他的半面容貌是異樣的鐵灰色，臉龐上還烙著詭異的紅印，眼神如魔。

看著戰天穹這樣的異常狀態，戰皓宇清楚，他的兒子還是不受控制的在戰場上走火入魔了。

「皓宇大人！天穹大人他——他開始屠殺距離他最近的族人了！」負責收集情報的戰族人語帶哭音與震驚的將這驚人訊息傳遞而出。

戰皓宇神情一冷，立刻下達指示：「讓我族全部遠撤戰天穹！想辦法將他引往龍族方向！必要時，可以殺了他沒關係！」他眼神中有著痛苦，卻是果斷的下達了大義滅親的指示。只是那心，卻痛得他喘不過氣。

那可是他的兒子啊！

哪怕他再怎樣冷漠對待戰天穹，在這生死攸關的一刻，他卻還是忍不住擔心起戰天穹來。

螢幕上的畫面盡是一片血紅色的海洋，人們痛苦的尖叫掙扎著，卻在頃刻間化為血浪中的枯骨，最後連骨頭都沒剩下。就連龍族也開始遠避血海，似乎知道血海的危險。

戰族人最先收到指示，第一時間撤離了戰天穹所在的區域。但因為戰天穹趕回支援人類指揮艦區域時，戰族人也跟著他一塊回防，卻成為戰天穹的最初目標，因此損失慘重。

「報告損失。」戰皓宇顫著聲，要求族人回報在戰天穹走火入魔時被害的族人數量。

「……天穹大人的血海太可怕了，我們損失了超過三分之二的戰族精英……」族人已經哭出聲來了。

戰皓宇握緊了拳，這是他少數感覺棘手的事態。

爾後，其他家族不約而同傳來了緊急通訊的要求，責問戰皓宇為何戰族人竟然在屠殺他們的戰士精英。

然而，在這個危機時刻，戰皓宇卻是心狠手辣的做出了一個讓人大為震驚的指示。

「派人引誘天穹到與我們為敵的家族和龍族戰鬥的區域，讓天穹在身死之前發揮他最後的餘熱，讓他這把瘋魔的利劍，趁著這場戰爭，為我們戰族斬除所有阻撓我們成為人類第一大族的阻礙吧！」

「皓宇大人，可這樣天穹大人的名聲——」

「回族以後，我會立刻將他逐出家族，好給人類社會一個交代。」戰皓宇決然的做出一個殘酷決定。他一個咬牙，冷聲說道：「可以的話，最好讓他戰死在這場戰爭之中！」

事實證明，戰皓宇這次的決定對戰族的未來影響頗深。

在戰爭結束以後，各族因為戰天穹的瘋狂屠殺而大受打擊，在戰爭中勉強保存實力的戰族，藉此奠定了往後千年身處金字塔頂端的地位。可戰天穹卻也成了此戰中自己父親命令的犧牲品，代替真正下達命令的戰皓宇成了世人嫌棄與仇惡的罪人。

不久後，第一位龍王出現在戰場上，為人類一方帶來了可怕的災難。而龍王強悍的靈魂，自然吸引了走火入魔的戰天穹前去與之一戰。

最後的結局是：龍王不敵瘋狂的戰天穹，成了第一位在與人類交手時，戰死在人類手下的倒楣龍王。

之後，儘管虛空屏障開始恢復本來的防禦功能，龍族的攻勢漸弱，甚至因為龍王的死去而士氣大減，不停的往虛空屏障以外退去，可戰天穹依然沒有停止屠殺的舉止。他完全沉浸在殺戮的快感中，掠奪性命與吞噬血肉靈魂增長自己實力的愉悅感凌駕在一切之上。

一位星域級強者的走火入魔最為可怕。

戰爭直到最後，人類竟然不是在與龍族對抗，而是在與一位瘋魔的人類強者對戰，不得不說是一件極為諷刺的事情。

無數的譴責聲浪開始塞爆戰族指揮艦的通訊頻道。

恐怕就連戰皓宇都沒料到，戰天穹竟然能在龍王與無數巨龍的圍攻中活了下來。這使得他必須給整個人類世界一個交代。若是戰天穹死了，他可以簡單的將戰天穹的名字自族譜上劃去，以表自族對此人的譴責，再運用一些手段趁機吞併其他失去無數精英、戰力盡失的家族。

可惜，戰天穹還活著，破壞了戰皓宇的計畫。

羅剎也沒想到戰天穹走火入魔會那麼可怕。到最後，戰場上只剩下他一個人和戰天穹死命相爭。羅剎並不想殺死戰天穹，所以無法放開手腳，但戰天穹則是全然失去理智，舉手投足盡是想置羅剎於死地。

最後，為了平息這場災厄，戰皓宇和其他幾位長老舉行了臨時會議，決定要派人以身犯險，希望透過近身接觸喚醒戰天穹的神智，又或是商請那位能與戰天穹抗衡的羅剎殺死他。

這一切都是為了家族大義。

明知此行可能有死無生，戰皓宇還是自願擔當這樣的角色，乘上了小型飛艇，隻身孤影的接近戰天穹所在的方向。

在那裡，符文的光輝閃動，卻是羅剎利用符文將戰天穹封困在一個區域裡，制止他繼續屠殺人類。哪怕羅剎清楚掠奪靈魂是噬魂的本能手段，但這個世界還需要人類守護，他就算贊同噬魂的行徑，卻也知道此舉不宜過度。

當戰皓宇的飛艇來到符文閃動的區域外頭時，他看著觀景窗外的血海，神情有些恍惚。有太多的後悔，有太多的抱歉，他的內心有著無數的糾結……

開啟擴音設備，戰皓宇的聲音幽幽的自小型飛艇中傳了出來。

「天穹，住手吧，已經夠了。」

戰天穹攻擊羅剎的舉動有了明顯的遲滯，顯然因為聽見父親的聲音與發言，理智正在逐漸回籠。可以見得，哪怕他走火入魔，內心深處還是對父親存有一定的重視。

羅剎終於得以鬆了一口氣，方才與戰天穹短兵交接，竟讓他傷到了本源；儘管他可以花費時間緩慢修復傷勢，但傷著本源可會讓他衰弱很長一段時間。這不禁讓他驚愕於父親大人賦予噬魂的可怕能力。

「你殺的人已經夠多了，我們戰族人有將近三分之二的精英死在你手上……這將會害家族在往後一段時間裡陷入危機之中。當然不只我們，其他家族的精英同樣死傷慘重。」

戰皓宇語帶譴責，聲音低沉的講述戰天穹暴走時造成的損失。他不知道該怎樣才能讓戰天穹恢復理智，只能用這樣的方式傳達訊息。

戰天穹的動作終於停了下來了，卻是渾身顫抖，神情在瘋狂與痛苦之中不停變化，顯然正在從被力量控制的狀態中掙扎回神。

戰皓宇看著兒子猙獰如惡鬼般的樣貌，內心有些掙扎。不過在戰族前程的考量下，哪怕要犧牲族中唯一一位星域級的強者，且這位強者還是自己的親生兒子，但為了大局，該捨棄的棋子就算分量重要，還是得捨！

做出決定以後，戰皓宇語氣沉重的向羅剎詢問道：「羅剎先生，你能夠殺了天穹嗎？」

沒有人知道戰皓宇是用著什麼樣的心情提出這樣的要求。

戰天穹的反應變得更加遲鈍，卻是因為意識逐漸轉醒時，聽見了父親開口要求羅剎殺死自己的訊息。那讓他震驚之餘，又感覺到了某種嘲弄與悲哀的心情。

父親要殺死他？他的父親要殺死他？

戰天穹的思維還有些遲鈍，他忘了自己先前做了哪些事，只是因為聽見父親的這句話而倍感痛苦。

「為、什麼……？」戰天穹粗啞著嗓音問道。

一旁的羅剎見此，以為戰天穹恢復了理智，便解除了符文封鎖。一時間，飛艇與他們兩人之間了無隔閡防禦，卻沒有誰覺得不妥。

戰皓宇看著戰天穹的眼神之複雜，可惜戰天穹卻沒能看見。
「因為，你必須死。你殺了太多人了，社會大眾知道此事之後必定不會諒解你，並且會遷怒戰族；如果你死去，我們對社會大眾也能有個交代……為了家族大義，天穹，請你去死吧。」
戰皓宇痛苦的闔上了眼。
聽完這句話，戰天穹瞬間紅了眼眶。
「……你要我死？父親，你希望我去死嗎？」某種悲憤在心中蔓延，點燃了新一輪的怒氣與恨意。
「你就這麼希望我死？呵、呵呵呵……我的親生父親要我去死！」戰天穹的臉上再度浮現了瘋狂，卻是流下了兩行令人膽顫心驚的血淚。
下一秒，戰天穹用著弒殺殘暴的表情看向飛艇，就在戰皓宇察覺到不對勁時，那本來已經消失的血浪再次出現，這一次卻是包裹住了飛艇！
「父親，我恨你！我恨你對我的冷酷，我恨你對我的殘忍，我恨你為什麼不愛我——！」
連續三句「我恨你」，完美詮釋了戰天穹此時的心情。
那滿腔的恨意，讓他理智全失。

當血浪腐朽了飛艇，瀰漫到戰皓宇腳下時，他聽著戰天穹那仇怨滿天的發言，終於明白自己在兒子心中，留下了多麼深刻且無以彌補的傷痕。

「天穹，我很抱……」

戰皓宇流下的眼淚，最後落在血海之上，連同那還沒能說出的最後一字，全被血海徹底吞噬殆盡。

直到最後，戰天穹都絲毫不知父親對自己存有悔意。

做出弒父舉止的戰天穹瘋狂大笑，隨後羅剎趁著他破綻百出又心神瀕臨崩潰之時，將之封印了起來。

戰皓宇被自己走火入魔的親生兒子所殺。這樣的人倫慘案，很快就傳回了人類世界……

Chapter 07

因愛救贖

「什麼?!」戰天蒼震驚的從家主主位上站了起來，渾身顫抖。「父親和天穹竟然……這怎麼可能?!」

戰場的消息終於傳了回來，儘管人類一方獲得了勝利，卻是慘勝。這其中，「走火入魔」爆發出強悍戰力的戰天穹可說是功不可沒；可有功卻也有過，戰天穹在暴走時屠殺了其他家族的大量精英，最後竟然殺死了試圖以親情喚醒他理智的父親……

天啊，這究竟是怎麼一回事!

族人目光含淚的繼續講述慘痛消息：被派上戰場的精英族人，在戰場上被戰天穹殺死了將近三分之二……

聽聞這個消息以後，戰天蒼雙眼瞪得老大，雙腿無力的坐倒回主位上。那些精英可都是戰族的珍貴力量啊……他們戰死在戰場上就算了，但死在自己族人手中，這算什麼?!這樣他根本沒辦法向那些族人留下的親友交代啊!

「天穹人呢?」戰天蒼幾乎是抖著聲問出這句話來的。「還有，父親的遺體……」

「老族長……被天穹大人那片詭異的血海吞噬殆盡，連個影子都沒留下。至於天穹大人，他此時正被羅剎先生制伏，在人類艦隊的監控底下，大約三天之後就會抵達新界。」

傳訊的族人頓了頓，示意有隱密訊息要傳達。

戰天蒼一個揮手，主廳外的護衛便手腳俐落的關上了門窗，留給了他和傳訊者一個私密談話的空間。

傳訊者傳達了戰皓宇在戰爭當時下達的指示，並且附上長老們的建議。

「……長老們說，由於老族長已逝，希望族長您能夠顧全大局，至少要挽留住擁有星域級實力的天穹大人……至於外界譴責，他們幾位將會以死明志，為天穹大人承擔罪過。」

傳訊者刻意加強了「星域級」一詞的讀音，就想讓戰天蒼能夠看在戰天穹的實力上，不要因為他的弒親之舉而罔顧大局。

這也是長老們最後討論出來的結果與方案。

雖然說戰天穹屠殺了許多人，但此時的戰族還需要戰力強悍的他，希望戰天蒼不要寒了戰天穹的心，讓他還能一心向著戰族，為家族貢獻一份心力。戰天穹還有他的利用價值，所以長老們決定要利用還活著的戰天穹，讓他庇護戰族，有他這位星域級強者存在，可保戰族千年不倒。

戰天蒼只是冷笑。不僅僅是因為兄弟殺死了父親，也為了那該死的家族大義……死的可是他的父親啊！最疼愛照顧他的父親！但凶手卻是自己的兄弟、親兄弟！

他沒想到此等人倫悲劇會發生在自己身上。

「為什麼？既然這樣，讓天穹假死不就得了？長老們沒必要代天穹承受罪過，戰族還需要他們的智慧。」思索片刻，戰天蒼冷靜的說出了這句話來。

傳訊的族人看了他一眼，似乎早有預料他會說出這種話來。他低垂著頭，將長老們交代過他的話轉達而出。

「長老是說，一個活著的『威脅』，絕對比一個死人還可怕；哪怕只是假死，也比不上天穹大人活著那樣具有威脅性。為了戰族往後的存續，我們需要天穹大人活著成為那些覆滅家族的心頭罣礙，讓那些家族就算想要報仇，也得先掂掂自己的斤兩。」

「長老也希望族長能考量到我們戰族後續的發展，天穹大人此時的狀況雖然不穩，但長老在與之談話以後，天穹大人也表示了自己的悔恨之意……這是一個能讓族長您徹底掌握天穹大人這柄利劍的大好時機。」

戰天蒼因為長老們的說詞而震驚不已，只是冷靜以後，他很快就振作了起來。身為戰族族長，他有他必須擔負的責任與使命。

「你下去吧，等天穹回來，我會好好跟他談談。」

戰天蒼示意傳訊者可以下去休息，自己則獨坐在大廳主位上，沉思了整整一日。

戰天蒼很快就擺正了自己的位置。無論是先祖、長老們，還是父親或他，他們的願望只有一個——榮耀戰族！

哪怕戰天穹犯下了天理不容的大罪，但這卻是一個非常好的契機。

一個用族人的鮮血製造而出的龐大機會。

令戰族得以真正躍身一流家族，能在新界屹立千年不倒的絕佳機緣！

雖然痛苦，但戰天蒼還是選擇了以大局為重。長年的教育告訴他，家族前程遠高於個人情感，哪怕他因為得知父親死於自己兄弟手上的消息而震怒、而悲憤無奈，他仍舊選擇放下了心中的悽苦，做出了決定。

三天後，羅剎帶著被他利用符文束縛一身力量的戰天穹回到了戰族。

人類世界在收到消息以後，直要戰族將惡鬼戰天穹交出來，要他以死祭祀慘死他手中的人類英靈。

戰族長老們抵禦著整個人類世界的壓力，將戰天穹送回了族內，好讓戰天穹的兄長族長能和他好生談談。

戰天穹面若死灰的呆立在羅剎身旁。他在殺死父親後被羅剎制伏，不久後理智回籠，才知道自己犯下了彌天大罪。儘管他後悔，更有自殘求死之心，然而長老們卻找上了他，要他繼續活下去，好承擔起整個戰族重擔……

「我父親要我死，你們卻要我活？搞什麼鬼，去他X的家族大義！」

這是戰天穹在知悉長老來意之後的震怒發言。

長老神情嚴肅的怒斥戰天穹的發言，並且告知了戰天穹，自己等幾位參與戰事的長老將會以死為他開脫罪名，要他不要浪費了他們的一片好心與奉獻。

「這一切，都是為了戰族。」長老如是說：「這可是你父親與我族先祖一心守護與渴望榮耀的家族，容不得你背棄前人的信念與付出！」

戰天穹只能虎目含淚的停止了自殘自盡的舉止，內心卻是死寂如灰。他根本不敢想像，回族以後兄長會用什麼樣的表情看待自己……

戰族大廳上，戰天蒼背對著戰天穹，不發一語。

羅剎很不識趣的沒有迴避，但他可說是目前唯一能夠制止戰天穹暴走的人，於是倒也沒人覺得不妥。

許久之後，戰天蒼終於轉過身子，面對自己槁木死灰的兄弟，神情複雜。然後，他一個箭步衝上前，竟是不顧有其他族人在場以及自己的族長身分，直接將戰天穹壓倒在地，直朝戰天穹出拳狠揍。

這位擔當族長已有多年的男子，竟是淚流滿面。他在動粗之餘不忘咒罵道：「你這混帳東西，你竟然殺了我們的父親！你竟然殺了他！殺了那位讓我們得以誕生於這個世界上的血親！」

戰天穹任由兄長攻擊自己，面無表情；戰天蒼幾乎使出全身的力氣，但面對體魄強悍的戰天穹，愣是沒能在他身上留下傷痕來。

直到打累了、宣洩夠了，戰天蒼才踉蹌的站起身來，對著躺倒在地的戰天穹開口說道：「我不會原諒你的，而你，得為了即將為你犧牲性命的長老，為了那些被你失手錯殺的族人與其親屬，還有為了死在你手下的父親，活著償罪！」

「你得活下去！活著實現先祖與父親長老們的願望，在你有生之年庇護戰族，確保戰族千年不倒！」

「別人說你是戰族的惡鬼，很好，你就永遠成為守護在戰族陰暗處的一頭惡鬼吧！」

也不等戰天穹答應與否，戰天蒼便當著他的面和其他長老交代起了後續事務，並且下達指示，要其餘族人在長老們走上台前以死彌補世人之傷時，趁機強攻幾大敵族，藉此征服或抹殺其他與他們戰族存有仇怨的家族。

戰天穹只是木然的看著一切發生。

而根據戰天蒼先前與長老們商議的內容，戰天穹必須隱於幕後代戰族行事，於是戰天蒼不久後便對外宣布戰天穹已被戰族除名一事，將所有的過錯全都推給了被逐出家門的戰天穹。

此後，戰天穹被剝奪「戰」這一個姓氏，與戰族再無關聯，戰族往後也不再承認此人。

當然，這只是表面上的形式而已。戰天穹依然待在戰族，卻成了戰族見不得人的陰暗手段。

羅剎在這場戰爭中博得了名氣與頗高的威望，其一手精湛的符文技巧讓世人看見了符文技巧的不同角度，又因其操控符文多以天藍色居多，浩瀚繁多的符文一出，猶如碧海滄瀾，便稱他作「陣神滄瀾」。

戰天穹則被人們稱作「凶神霸鬼」，這個稱呼象徵了人類對他的恐懼與憎恨。那些慘死在他手下的人類的家屬以及存活下來的人們，都無比痛恨戰天穹的殘忍與臨陣失控。

新界在戰爭結束以後，立即陷入各大家族爭權的動盪。

戰天蒼趁著這段時期，藉機扶持幾個長年受到其他大家族打壓的二線家族，希望能透過這些家族的成長，為戰族多拉攏一些勢力。

戰天蒼此舉影響日後新界的勢力分布頗深。就因為他在當下動亂時期給予這些二線家族的援助與機會，讓不少二線家族在日後成了新界大族之一，在新界幾大勢力中占有一席之地，並與戰族結成關係親切的盟友。

這場混亂，直到十幾年以後才終於平靜了下來，所有與戰族為敵的家族被掃蕩得乾淨徹底，這其中多虧了戰天蒼的指揮與戰天穹的行動，使得戰族奪得了其他家族的資源與財富，並且擁有了一座基地大城，成為一方巨擘。

儘管大多數時候，戰天穹都是被兄長命令前往執行一些諸如暗殺或者是抹殺等之類的殘忍任務，出自於愧疚，哪怕他手染鮮血，他還是一次次的像個忠實的機械一樣，如實完成自己的任務。

就如戰天蒼所說的，他得活著承受那樣的罪責，活著償付自己的過錯。

時光漫漫，戰天蒼礙於實力低微，人正步入晚年，而戰族卻在幾年前的強勢爭戰中得到了無數好處，此時正是一派欣欣向榮的狀態。戰天穹因為實力強悍，容貌體力依舊停止在莫約二十八、二十九左右的年歲。

儘管時間過去了那麼久，但是戰族裡那些在戰場上失去親人的族人們，還是有很多人恨著戰天穹。

面對族人的痛恨與責難，戰天穹只是保持著一貫的沉默。

或者說，他也只能沉默而已。

戰天蒼自覺生命不長，便找上了戰天穹進行此生最後的談話。

病床上的戰天蒼，既衰老又憔悴，歲月在他的臉上、身上留下了風霜的痕跡。老邁的他，容貌更像他們的父親了……

看著兄長老邁的臉龐，戰天穹有些出神。

「天穹，你當時殺死父親，是怎麼樣的感覺？而你現在又是怎麼樣的心情？」

戰天蒼突來的一問，讓戰天穹面露茫然。

「我不知道。我只知道我現在很後悔。」

恨是另一種極端的愛，他只是渴望父親的愛，卻因為得不到而恨上了父親，但這不代表他不愛自己的父親。

此時的他，無比後悔當時竟然會失控到殺死父親……

這是他唯一能肯定的答案。當時瘋魔的他，內心被滿盈的仇恨痛苦所覆蓋，哪記得殺死父親是怎樣一個感覺？

戰天蒼即使蒼老，臉上面對弒父兄弟時的冷冽仍然沒有消融。

「我知道你很迷惘，無論是對於往後的生命，還是戰族的未來都是。你不是一直希望被諒解、原諒嗎？我給你一個機會。」

戰天穹的眼神終於有了情緒變化，卻是激動——兄長這意思，是要給他被原諒的機會嗎？

戰天蒼的眼神變得極冷，帶上了幾分嘲諷與恨意、悲傷與無奈。蒼老的他，在床榻上挺直了已然佝僂的背脊。

「天穹，你可知我們戰族由先祖一輩開始，到長老、到你父親、到我，還有往後每一任戰族族長，一直以來追求的是為何事嗎？」

戰天穹沉默了許久，最後低聲給出回答：「……榮耀戰族。」

「沒錯，榮耀戰族！」

在這一刻，戰天蒼老邁的身軀煥發出了強大的氣勢。

「我們戰族起先在原界，是個落魄到了極致，受盡他人嘲諷，為人奴、為人笑、為他人所利用的低賤家族。」

「而先祖在取得『星力修煉』的法門以後，便將修煉視作戰族自過去陰暗中站起的一份機緣。他希望靠著修煉強壯戰族，希望後代子孫能光明正大的站在陽光底下，驕傲的說出一句『我姓戰，我是戰族人』這樣的宣言。」

「透過一代代戰族人的努力，戰族由過去的落魄進入如今的輝煌。而我們這些後人，還得繼續將戰族的輝煌持續下去。」

「你已經達到了世人罕見的星域級，擁有千歲以上的壽命，你是戰族裡唯一能夠庇護戰族千年的存在。現在，我給你一個機會。」

戰天蒼微斂眸光，語氣平靜的說出了令戰天穹震撼不已的發言。

「我已經將你的名字寫回祖譜上，從今日開始，你便恢復戰一姓，從此以戰族守護神的身分守護戰族。」

「兄長，我……」戰天穹愧疚的半跪於地，不敢相信自己有朝一日能夠重歸祖譜。只是為何他心中依然沒有喜悅呢？

兄長眼中的冷漠冰封，是他之所以沒能感覺喜悅的理由。

「閉嘴，此事由不得你拒絕！往後你將擁有僅次於族長之下的權力，但你必須耗費一生盡心盡力輔佐各任族長營運家族。別忘了長老們的理想，別忘了父親一生的執念，別忘了我的努力！」

戰天蒼的眼神殘酷又寫滿了恨意。

「戰天穹，你要知道，長老是你害死的，父親是你殺的，而我，則是懷抱著恨你之心直到死都不能停歇，可以說我也是間接被你殺死的。我要你活著，永遠的活著！記住你犯下的過錯，牢牢記住你的罪責，我要你一心一意支撐起這個家族，將這個寄託著所有逝者無數期望的『戰』一姓，繼續傳承至千年以後！」

「你聽見了沒有？！活下去，然後傾盡你的一生來彌補你的過錯！直到，有可以代替你守護戰族的後人出現為止！」

「戰天穹，你給我牢牢的記著，將我的這句話，刻進你的靈魂深處，刻進你的血肉骨骼之中！我希望五千年以後，戰族的輝煌更勝如今，這樣，我與先祖之願方能實現……」

「這就是我留給你最殘酷的刑罰！」

和戰天穹說完這些話以後，當晚，戰天蒼逝世。

隔日，戰天穹沉默的抹去了自己被兄長重新寫回祖譜上的名字。他自願成為戰族黑暗中的守護者，自稱戰族的惡鬼，化名「鬼」一字，開始了漫長與沉默的守護。

戰天蒼那位繼承族長之位的子嗣，拒絕戰天穹參與戰天蒼的喪禮。僅因由戰天蒼和其他族人傳下來的恨意太過深刻，深刻得連戰天蒼的子嗣也一同恨上了戰天穹。

戰天穹只是沉默，唯有沉默。

自他決定捨棄自己真名的這一日，他變得極為寡言，變得冷漠且疏離人群，變得寂寞也嚮往著解脫與被拯救……

＊＊＊

戰天穹不知何時已然醉倒在地，卻是枕在君兒膝上，男兒淚滿面。

「君兒，妳覺得，五千年了，戰族就如兄長期許的那樣比過去更加輝煌。這樣，父親和兄長會原諒我嗎？他們會原諒我嗎？」

君兒輕輕順著戰天穹的髮絲，撫慰他因為回想過去而痛苦不堪的心靈。

「……我不是天穹你的兄長和父親，我不知道他們會不會原諒你。」君兒絲毫沒有哄騙戰天穹的意思，而是誠實的將自己內心所想說出口來。

戰天穹眼神一痛，卻是沉默流淚。

君兒繼續說道：「但是我知道一件事，那就是過去的人永遠給不了現在的你答案；而現在的人，我想，現在的戰族人對你只有敬愛和尊崇，此時的戰族人，早已經原諒了過去那個犯下過錯的你……」

「你看看長老們在看見你回來之後有多激動。那幾位遺黎故老，有些根本是不顧形象，衝上前抱著你痛哭失聲；有的則是哭得不成人形，直呼你『回來就好』；戰龍更是其中哭得最難看的一個……這樣，天穹還不懂他們的心嗎？」

「那些新一代的戰族人，他們看待你的眼中存有恨意嗎？不，沒有，他們在知道你是守護他們戰族許久的『鬼大人』以後，眼中只有崇拜和尊敬；那些老一代的戰族人，誰看到你不是面帶微笑和滿面欣喜的？」

「他們早就原諒你了啊！只是天穹一直無法原諒自己而已。」

君兒心疼的看著那枕在自己膝上，第一次在自己眼前哭得像個委屈男孩似的愛人，心痛得不能自已。

這傻男人，就這樣背著自責之心度過了千年之久啊！

他究竟是如何撐過來的？如何在無盡的寂寞與痛苦之中，走到現在的？

「我想，其實早在天穹的兄長將你的名字寫回祖譜那時，他就已經原諒你了吧。要不然，他可以直接要求你繼續暗中守護戰族就好，何必要讓已被逐出家門的你重歸祖譜呢？那不僅僅是他對你的認同，也是他沉默的原諒。」君兒聰慧的從中辨別出了一絲戰天穹沒能注意到的關鍵。她柔聲說出了自己的推測。

「是這樣嗎？」戰天穹臉上終於有了神采。

酒醉的他再沒了禮俗與規矩束縛，神態如同一位天真少年一般，純粹的令君兒有些感慨。

這如同少年一樣的戰天穹，或許便是那過去一心只為求得父親慈愛而不停努力，一心想要變強的朗朗少年吧。唯有在酒醉之後，才會再次展現昔日那份單純的性情。

只是隨後，戰天穹卻是面露痛苦的說道：「但我還是沒辦法原諒自己……」他痛苦的雙手掩面，連隨意扔開酒罈時不小心讓酒水濺了自己渾身濕涼也不在意。

君兒輕輕一嘆，知道這是戰天穹最深的心結了——哪怕千年之後再無人怪罪他，他卻再也無法原諒自己。

君兒隨後堅定的鼓勵道：「天穹，你知道嗎？逃避過錯很容易，真正困難的是面對自己的過錯，更加艱辛的是面對過錯以後決定償付與彌補。哪怕你是因為兄長的要求，而選擇了以一生來彌補昔日的過錯，但我想，或許你兄長之所以這樣要求，可能多少抱持著時間能平復一切的心，讓未來的族人代替他來原諒與認同你的努力吧。看看戰族此時的鼎盛與輝煌，就知道你對戰族的付出與努力。」

「你很棒也很勇敢。人都會犯錯，既然你無法原諒自己，那就不要原諒吧。往後，有我陪你一起承擔你的痛苦。你不寂寞、你還有我。我愛你，我是你的妻，我願陪你一同分擔你過去的苦痛。」

君兒的溫柔，一直是戰天穹之所以能夠堅強的主因。她此時的言語，也讓內心痛苦的戰天穹

感覺到了安心與溫暖。

「謝、謝謝……」

「天穹曾對我說過對你無須道謝，天穹也不需要對我說謝謝喔。」君兒眼帶笑意，神情盡是溫柔。「比起感謝這種生疏的語詞，不如說句我愛你……」

她彎低身子，在戰天穹額上落下淺淺的親吻。

戰天穹臉有笑意，卻是低低的呢喃了一聲令君兒臉頰微微泛紅的「我愛妳」之後，神情因為酒精而開始變得有些恍惚。

他笑著，卻仍然流著淚，彷彿想將千年傷悲一次傾瀉而出一樣。

不久後，戰天穹緩緩閉上眼，心力交瘁的枕著君兒的膝，安穩的睡著了。

戰天穹自從弒父以後，未曾有過一次好眠；後期則因為實力增長至星神級無須睡眠飲食，更是將精力全然投注在處理家族事務上，不再浪費時間進行睡眠。

他已經許久沒有睡得如此安穩香甜了……

他真的很累了。

「睡吧，好好的、安心的睡一場。往後你不會寂寞了，你的未來有我陪你、有我愛你、有我和你一同承擔一切。」

君兒輕撫著戰天穹的臉龐，邊順著他的髮絲，如同安撫一隻受傷的獸。

這時，兩人不遠處忽然裂開了一道空間裂縫，巫賢面色無奈的從中走出。

君兒一愣，卻是在驚訝過後，臉上罕見的浮現一絲怒氣。

「爸爸，你偷聽？」君兒微揚柳眉，語帶責問的問道。君兒知道戰天穹是多麼注重個人隱私的一個人，巫賢私下竊聽的行為令她覺得愛人不被尊重。

巫賢扯了扯嘴角，卻是讓開了空間縫隙的出口，讓其他兩人跟著走出。

牧非煙眼眶泛紅，看著君兒的神情有著歉意。「抱歉，君兒。我們只是關心妳，想要多了解一點妳未來的丈夫而已。我們也想知道天穹是個什麼樣的人……」

君兒輕輕一嘆，目光看向了最後走出空間縫隙的那人。

戰龍早已哭得滿臉眼淚鼻涕，模樣之淒慘難看活像是小男孩被搶了糖果似的。

「我都不知道爹以前有這樣的經過……爹從來沒跟我說他以前是這樣一路走來的。」戰龍走向前，半跪在戰天穹身旁，看著戰天穹臉上未曾有過的安睡神情，他神情自責又痛苦。「我都不知道爹承擔著這麼多、背負著這樣沉重的心情……爹好傻、真的好傻。」

戰龍顫抖著手，使用星力為戰天穹蒸乾身上的濕漬，然後替他打理好服裝。隨後，戰龍雙膝著地，打破了男兒膝下有黃金的鐵律，竟是向君兒下跪了。

「戰龍你別——」君兒一個皺眉，就想避開，然而她腿上枕著戰天穹，沒辦法挪開，只得又驚又惱的讓戰龍行了個跪拜禮。

戰龍第一次向君兒表達了自己誠摯的請託。「君兒，以後我爹就交給妳了。爹此時還無法原諒自己，但我相信，有妳的相愛與陪伴，爹在往後的日子裡一定也會因為妳的一番真心與愛戀，慢慢療癒過往的創傷。請一定要好好照顧他。」

戰龍又哭了，活像個就要嫁出心肝女兒的老父親一樣。

「嗚嗚，君兒媽請受孩兒一拜，往後我會好好孝敬您老的——」

本來嚴肅盛重的氣氛，頓時被戰龍最後這句話破壞殆盡。

「誰要你拜了！而且我哪裡老了，說那什麼鬼話！戰龍你快起來啦！」君兒氣惱又羞澀無奈的瞪了戰龍一眼。「你不是說我們以平輩相稱就好嗎？現在又為什麼忽然……」

戰龍抹了一把鼻涕，邊哭邊笑的回答：「因為這樣我才可以成為巫賢爺爺名正言順的孫子，過年還可以騙騙紅包錢，出了事還有人可以求救，想要逃避公事只要跟巫賢爺爺撒撒嬌就可以光明正大的落跑了，多好啊！」

「X的，戰龍你這夯貨竟然害我白感動！」巫賢忍不住痛罵出聲。他一個箭步上前，直接賞了戰龍一記栗爆，疼得戰龍哀哀叫。

牧非煙更是因為戰龍這綵衣娛親般的發言而破涕為笑。

君兒也忍不住笑了。她低頭看著戰天穹，為他有這樣的家人而感動。

「放心，我會好好照顧他的。」

「嗯！」戰龍開朗的笑了，萬般信賴的說道：「我相信爹一定能因為君兒媽的愛而得到救贖的——一定！」

「叫我君兒就好了，不要多一個『媽』字好嗎？好像我多老了一樣。」君兒忍不住埋怨出聲。

戰龍對著君兒擠眉弄眼，卻是甜滋滋的喊了一聲：「哦，親愛的媽咪——」

「戰龍你找死啊！」君兒不由得惱羞成怒。

「唉，君兒，妳現在知道爸爸我在妳不在的這一百年裡，是怎麼度過了吧？」巫賢一臉痛苦的看著君兒，看著戰龍的模樣除去無奈還是無奈。這一百年之中，戰龍愣是用那連天都可以撞穿的厚臉皮，硬是把他磨得沒了脾氣。

戰天穹不在，戰龍就照著三餐問候巫賢，詢問紫晶樹枝有沒有動靜啊，問黑洞研究站有沒有異常波動啊，問羅剎的狀況如何啦，問……反正就是問很多事情，問到巫賢從無奈到不耐煩，又從不耐煩到最後的莫可奈何。

此時逮到機會，巫賢立刻向女兒抱怨他這百年以來被戰龍騷擾的一切過程。君兒聽得忍不住為了戰龍的厚臉皮以及父親的無奈而氣質全無的笑聲連連。

儘管旁人吵吵鬧鬧，但戰天穹依然睡得很是安穩。沒有人注意到，他熟睡的神情上，因為旁人的談論而微微揚起一抹幸福且滿足的淺淺笑意。

相信未來，他將能夠在所有人的愛與溫暖底下，進而得到心靈的救贖與解脫，從自責之中得以原諒自己吧。

Chapter 08

榮耀先祖之名

戰天穹最後被戰龍揹回了戰族，不過因為醉酒，再加上向君兒坦承過去後放下心中沉重的輕鬆，他這一覺熟睡了好幾天。好在他準時在戰族祖祭日前甦醒。

君兒在戰天穹熟睡的這段時間一直陪著他。幾日後，她就要在戰族祖祭進行後，正式嫁給戰天穹。而根據習俗傳統，新嫁娘在婚禮前幾天，是不得與新郎官見面的，於是君兒沒能等到戰天穹甦醒，便先一步被巫賢強制押回了滄瀾學院，等著婚禮那天的到來。

戰天穹醒來沒見到君兒有些失落，但他很快就振作了起來。反正她遲早會成為他的妻，無須因為小別神傷。

他在甦醒後不久，長老們便收到消息趕了過來，準備要替他換上家族擔當主祭的專屬服裝。

這一次主持祖祭的重要任務將由戰天穹執行，這是戰龍與長老們和戰天穹協商後敲定的事宜之一。

每一次祖祭日擔當主祭一職的戰族人，一向都是家族中德高望重或者是年歲最長的長輩擔當。在更早之前都是由戰龍擔任，只是戰龍的豪放性格本來就不適合這種拘謹規矩的角色，在擔當主祭的幾年間，總是不停的在祖祭上製造麻煩且頻頻出錯，最後還是只好由長老們無奈接手主持祖祭的任務。

這一次的祖祭日，除去戰天穹與君兒的婚禮之外，戰龍早先就已經私下對長老們與戰天穹坦承了自己已達星神級的驚人消息，自然也決定要在此次祖祭日上，正式將戰天穹迎回祖譜，讓族人知悉族中的鬼大人便是那捍衛新界千年之久的「凶神霸鬼」一事。

他們希望透過由戰天穹擔當主祭這樣的形式，向族人彰顯戰天穹的尊貴輩分。戰天穹可說是目前戰族還活著的人之中，輩分最高的祖輩成員了。

長老們不假他人之手，親自協助戰天穹更換主祭服裝。

戰天穹換下昔日暗沉色調的裝束，穿上了一席純白色的古式祭袍，赤髮規矩梳好，束上白絲帶——這是戰族傳承已久，極具象徵意義的裝束。換上白色祭袍的戰天穹，比起過往穿著深色服裝時的冷肅，更多了幾分難言的瀟灑氣質。

戰天穹看著自己身上的這套服裝，眼中有著緬懷，有著惆悵。過去的他自祖譜上刪除自己的姓名以後，便不曾正式參與祖祭日了，總是私下協助安排與隱身在遠處觀望。這是他闊別千年以後，再次參與家族的祖祭日，並且是以主祭的身分參加，世事之無常，直令人心生感慨。他未曾想過自己竟然有朝一日，可以透過這樣的形式回歸家族。

長老們不約而同將這個家族中最重要的職責交給自己，令戰天穹在忐忑之餘，也感受到了族人們的真心。他們是在用這種方式告訴他，他們對他只有敬愛而無仇恨，過往的那些早已隨風逝去，莫再牽掛……

「鬼大人、哦不，天穹大人，請下達祖祭開始的命令吧。」

長老們的神情有著顯而易見的激動，改稱呼起了戰天穹的真名尊稱。

聽著那許久未曾聽聞的稱呼，戰天穹輕輕一嘆，他環顧一旁眾人看著自己的期待表情，他們眼中閃動的信賴神采，令他忍不住有些鼻酸。

這是他的族人啊……他守護了五千年之久的族人。

五千年以前，他絲毫不認為犯了過錯的自己還有機會被家族承認；沒想到五千年以後，那些他過去未曾擁有的，卻是在不知不覺中都聚集到自己身邊來了。

「爹，快宣布祖祭日開始吧！大家都在等你呢。」戰龍在一旁提醒道。

戰天穹花了點時間平復一下心情，隨後莊重了神情，沉聲道：「我宣布——戰族祖祭，就此展開！」

長老們臉上浮現了激動之情，朝氣十足的應了一聲「是」以後，很快就退下去張羅祖祭開始的事宜了。

戰龍站在戰天穹身旁，他身上穿著另一套副祭的裝束，但這種規矩得體的服裝顯然不適合一向習慣輕便服裝的他，讓他不停的東摸摸西蹭蹭，活像身上有蟲在爬似的，看得戰天穹瞪視連連，眼帶警告。

戰龍卻因為戰天穹的瞪眼而爽朗、開心的笑了，然後語出驚人：「爹，你繼續瞪，繼續瞪我沒關係啊——我好想爹哦，以前很怕你瞪，但你百年失蹤回來以後，我忽然覺得被你瞪個千百次都不覺得膩哦。」

戰天穹只覺得頭上青筋直跳，深呼吸，告訴自己不要理會久別重逢後變得更加欠扁的養子。

戰龍像是想到了什麼事情，臉上洋溢起更加燦爛的笑容，說道：「我現在才知道以前的我有多幸福。以前爹會揍我、會瞪我，但是爹失蹤以後，忽然沒人這樣對我，讓我忽然覺得好不習慣。妮雅說我天生欠扁，我倒是覺得我可能是被爹揍習慣了，沒有被打感覺真的好奇怪，心裡好寂寞呀。」

「……抱歉，小龍，這些年你辛苦了。」戰天穹語氣沉啞，他不是不知道戰龍這段時日是怎麼度過的，其他長老都已經私下和他談過了。哪怕戰龍一副沒要沒緊的樣子，但那只是不想讓他擔心，所以沒有將真正艱辛危險的過程講述而出罷了。

「爹，我不辛苦。」戰龍只是笑著，臉上唯有坦然，沒有絲毫委屈的情緒。「爹才是最辛苦的那個人。這一次祖祭結束，也該是爹好好休息的時候了。這麼多年以來爹始終牽掛著家族，你為家族做的大家都看在眼裡。趁著爹和君兒結婚，便順勢休息一段時間吧。」

戰天穹皺起了眉，卻是不放心。他總是會下意識的操煩家族的事，尤其是他離族這麼多年，難免還是會掛慮。

戰龍嘿嘿一笑，卻說：「爹你放心，現在家族裡可是有位超級擅長打理家務與分析規劃的大管家在協助管理唷。爹失蹤的這百年期間，全多虧了妮雅幫忙，家族可是被她經營的風生水起，連長老們都拍手叫好！有妮雅在，爹大可以放心的休息。」

「塔來妮雅……」提起那人的名字，戰天穹眼角抽筋。

百年後歸族，最讓他不能理解的便是那位在滄瀾學院與九天醉媚都追求者眾多的優雅女子，為何卻成了他這位粗獷養子的賢內助？這兩個絲毫不像會有所交集的人，為何會湊在一塊？

這是他和君兒萬般不能理解的驚人發展。

「嘿嘿，爹，以後再跟你說我追求妮雅的經過，保證你會對我改變想法的——其實，你兒子我對女人還是挺有一套辦法的啦！」

「……」戰天穹不予置評。

＊＊＊

祖祭日正式開始，戰族大城啟動了具有遮蔽與防禦功能的符文法陣。天空流轉著雪白色的符文光輝，為鐵灰色的戰族大城帶來了幾分聖潔的氣息。

戰族人們早已在城中的廣場外圍等候。在這人山人海的場地之中，戰族人表現出了強悍的紀律與自律水平，儘管人潮眾多，卻並不混亂，反而井然有序。

至於那些受邀前來的外族人，則被安排在景觀最好的位置，得以在至高處眺望整場戰族祖祭的進行。這是戰族第一次開放外族人參觀自族的祖祭過程，絕大多數的受邀客人多數著手記錄眼前這極珍貴的資料。

卡爾斯一行人因為是戰天穹親自邀請的客人，所以被安排在觀景大宅中視野最好的一個獨立區域眺望全景。

靈風隨興的癱坐在陽台座位上，目光不離廣場中的人潮。

戰族人的團結，讓他不由得想起自己離開的精靈族。不曉得新界百年過去，族人流浪去了何方呢？有沒有找到新的星球定居？想到這些，他內心難免浮現幾些惆悵。

「戰族好多人呢。」紫羽好奇的張望著被紅色頭髮的人群擠滿的戰族廣場。

他們先前在戰族人的引導下有參觀過該處，為該處的寬敞與設置而驚嘆不已。但此時，那足以容納千人的廣場與外圍的街道上卻全站滿了人。

「快看，戰族的長老們出現了！聽說戰族祖祭日的主職祭祀一向會由族中最為年長或德高望重的長輩擔任，想必這次一定是由『戰神龍帝』或者是其他長老……等等，那個人是誰？」一位顯然很了解戰族內部運作的家族族長侃侃而談，卻在看見主祭並非自己猜想之人時而有些傻愣。

「那位是戰族的鬼大人。他不是失蹤很久了嗎？有消息指出他可能在龍滅戰爭那時戰死了，沒想到他竟然還活著。」另一位老邁沉穩的家族族長神情震驚，顯然是知曉戰天穹鬼大人身分的老一代。

戰天穹在兄長死去以後便化名「鬼」一名，暗中守護著家族，雖然早年因為族人對他有所怨嘆而一直隱居幕後，但隨著時代變遷，羅剎建立了滄瀾學院邀請他前去任教，他為了方便行事還是會以「鬼大人」的身分活動，後期更是教出了不少實力強悍的學生精英，戰族人的仇恨也逐漸轉為崇敬，使得他就算一向低調，名聲還是漸漸為人所知。

這些組織領導者與家族族長都不是省油的燈，很快就這次的主祭者身上看出了很多不尋常的地方。或許這就是戰族一反過去的封閉態度，第一次廣邀友族前來觀禮的主要原因。相信這接連七天的祖祭日一定能帶給他們驚喜的。

戰族大型祖祭因為五年才進行一次，所以過程較一年一度的祖祭更加繁瑣與莊嚴。第一日祭天，第二日祭地，第三日祭祖，第四日祖輩訓詁，第五日族事宣布，到第六、七日的宗族團聚。

當廣場周圍的戰族人聚集完畢後，幾位戰族長老偕同兩位各自穿著主祭與副祭白袍的赤髮男子踏上了廣場中心。

雖然這是戰天穹第一次擔當主祭，但他過去觀看過數次祖祭進行，早已牢記在心，無須一旁的長老或戰龍提醒，光憑著過去對祖祭日的記憶，他順暢流利的結束整場祭祀。

前兩天的天地祭祀是整個大型祖祭日中最枯燥乏味的兩場儀式，不過好在完美的結束了。

而第三天，祭祖之日終於到來了……所有的戰族人都不知道這天將會宣布一個震撼他們心靈的驚人消息。

長老們一早就和戰天穹來到廣場中心。長老們神情激動不已；戰天穹更是緊張，卻是用著一貫的冷漠表情掩飾自己內心的忐忑。

戰龍不在廣場中心，而是去了巨石塚的所在——他決定要把那塊巨石塚直接扛過來！無論多少言語，都沒有那塊石塚上頭的文字來得有意義。

戰天穹勉強壓抑自己想逃走的衝動，哪怕自己終於得以回歸祖譜，得以能向族人坦承身分，但他還是會害怕、會慌張……

「天穹大人，您別擔心，您不是一個人。」一位長老神情激動，卻是憨紅著臉向戰天穹表達支持之心。

「是啊，還有我們。」長老們同聲附和。

他們都是人精了，怎會看不出戰天穹臉上的糾結情緒何來？

這位默默守護家族千年之久的鬼大人，正在害怕啊！

但他們沒有因此嘲笑他的懦弱，反而更加感慨他的沉默付出與長達千年的庇護。內心滿是傷痕的鬼大人，如今終於得以從黑暗中走出，迎向光明了——

就在今天以後，他們無須再遮遮掩掩的談論他的事蹟，可以光明正大的以他為榮了！

「天穹大人，家族有您存在，是我們的幸運。」

「承蒙您千年不棄……」

戰天穹劍眉輕蹙，卻是有些侷促。「這是我本該做的事情，我只是在償罪而已。」

「鬼大人的罪早就還完了不是嗎？其實您大可以遠走他鄉，將家族放諸腦後，但您沒有。您這千年以來的付出以及家族此時的輝煌，我想先祖們地下有知，一定也不會再怨恨您了。現在的族人，誰不崇拜您、敬愛您呢？請不要再迴避我們的尊敬與關心了。」一位長老恭敬的對戰天穹行禮，惹來提前趕至廣場的戰族人側目。

「……我知道了。」戰天穹握起了拳，對著長老露出一抹有些靦腆卻是堅定的笑容。「我會試著放下過去。不用擔心我，也謝謝你們的關心。有你們在，我不寂寞。」

長老們跟著笑了，卻是欣慰與感動。

另一方面，戰龍獨自來到了戰天穹留書的巨石塚以及惡鬼罪塚的白玉碑所在。

戰龍注視著巨石塚許久，神情時而閃過緬懷、笑意、悲傷的情緒，最後轉為堅強。

自戰天穹於黑洞一戰失蹤後，戰族長老一直希望能將戰天穹的名字寫回祖譜，只是大夥都知道若沒有明正言順的條件，就算戰天穹回歸新界以後知道此事，恐怕也不會開心。但戰天穹早期曾在戰族後山上的這座巨石塚上，留下了得以讓他回歸祖譜的條件，這也是戰龍一直以來努力的方向。

如今，他終於實現自己的夢想了，直讓他心情激動。

只是他沒有直接扛起巨石塚帶走，而是來到惡鬼罪塚前面。

不知怎的，戰龍看待這塊白玉碑的目光很是冷冽。他怒瞪著白玉碑許久，才啞沉著聲音開口說道：「死去的人就該成為記憶，而不是成為活著的人邁向未來的阻礙。」

戰龍語氣鏗鏘有力的對著白玉碑吼道：「現在的戰族人都已經原諒爹了！我不管你們到底原不原諒爹，但我們已經原諒他了、不、或者說我們根本沒有怪過他！沒有怪罪便無須原諒。過去那些往事就都過去吧！先祖們，你們一路走好，戰族的過去有我爹戰天穹照看，戰族的未來則有我戰龍接替我爹的工作，繼續守護與榮耀戰族五千年！」

隨後，戰龍一個咬牙，神色狠戾的一掌重重拍上了那塊刻寫著無數戰族人姓名的白玉碑——這碑，就如同一根刺一樣，千年以來一直插在戰天穹心上，刺得他滿身是傷。

戰龍不想再看見戰天穹悲痛的模樣了。而既然他達成了戰天穹的要求，那麼，他也要將養父自過去黑暗的束縛中解脫出來！

白玉碑發出了碎裂的聲響，在戰龍猛烈的掌力拍擊下，轉瞬化為粉塵，隨風而逝……

無論過去的人原諒與否都不重要了，因為他們早就不存在了。

眼前這個當下，才是最重要的。

「雖然爹知道我幹了這種事以後一定會很生氣，不過我寧願他揍我，我也不想再看見他對著冷冷的石碑獨自傷痛了。先祖們，你們如果泉下有知，若還有怨——那就請從棺材裡爬起來找我算帳吧，哼！」

戰龍說著大逆不道的語詞，卻是神色霸道強硬。

「啊，對了，差點忘了說，如果我數到十沒有誰要蹦出來找我算帳，我就當先祖們決定原諒爹了哦。」戰龍再次本性暴露，語出賴皮宣言。

他開始大聲的在山谷中從一數到十，還數得格外快速。

就當「十」一字方落，沒有任何的變化或異狀發生，天空一樣晴朗，草木一樣翠綠，鳥獸一樣自在悠哉——戰龍咧嘴一笑。

「既然先祖們決定要原諒爹了，那就這樣囉！我要回去將爹迎回祖譜了，先祖們慢聊，不用送我。」戰龍一臉輕鬆的回到巨石塚旁，哼著小曲，輕而易舉的將那沉重的巨石扛上了肩。

若有旁人聽見戰龍的發言，絕對會因為他那放肆又無賴的言語而倍感無言的。

「暫時解除護族大陣吧，戰龍要回來了。」戰天穹像是感覺到了什麼，向長老們交代了聲。

戰族大城上方的符文法陣解除，令在廣場集合完畢的戰族人有些不明所以。

就在護族大陣解除不久後，天邊忽然出現一顆不停放大，如流星墜落般的陰影。

男人粗獷又爽朗的喊聲響起：「爹——我回來啦！」

緊接著，巨影轟然落地，在戰族大城的廣場上濺起了猛烈的飛塵，惹得戰族人不得不運起星力來抵禦巨影落地時帶起的氣浪。待飛塵散去，人們終於得以見到巨影為何物——站在眼前的，是一名肩上扛著兩公尺巨石的赤髮男子；而巨石上刻寫著的字句，令看見的人無不倒抽了口氣。

戰族人一反前幾日的規矩自律，第一次騷動了起來。

戰龍選的落足點可是算計好的，他扛著巨石落到戰天穹前方。等塵灰散去，卻又隨手將巨石塚扔在廣場中心，任由戰族人打量那顆巨石與上頭銘刻的字句。

然後，這位戰族的守護神，竟第一次在族人面前，稱呼起了此次擔當主祭的男子一聲親暱至極的「爹」；而過去總是抗拒戰龍這樣稱呼的戰天穹，也默許了他這樣的稱呼。

千年過去，少有人知道戰龍與戰天穹的關聯，再加上戰天穹後期對戰龍的疏離，讓不少族人都不知道戰龍還有一位養父的存在。

戰龍激動的彎低身子，半跪在戰天穹面前，正經八百的說道：「誠如石塚上銘文所言，今日，不孝子戰龍終於踏足星神級，有請養父戰天穹榮歸祖譜！」

一旁的長老們也紛紛來到戰龍身旁，跟著屈身半跪，對著戰天穹高聲喊道：「有請『凶神霸鬼』戰天穹榮歸祖譜！」

戰天穹是誰，或許戰族人並不清楚；但「凶神霸鬼」一稱卻是無人不知！

本來騷動的人群頓時爆起了驚呼聲，激動震驚的情緒在人群中攀升。

廣場中心，只剩下戰天穹一人負手而立，他怔怔的看著戰龍扛來的巨石塚，神情在惆悵與糾結中輪替。

「爹，你自幼教養我長大，訓練我、指導我、照顧我，讓我最後得以成就人類守護神之名，但你卻一直隱於戰族影中，化名『鬼』一字，承受著人類的罵名與嫌棄，默默的守護家族卻不曾居功。我一直希望自己可以達成你千年前刻在巨石塚上的要求，好讓你能夠回歸祖譜，榮耀你的名字與事蹟。」

「千年以前，你犯下滔天大錯，自己親手抹去了自己在祖譜上的留名。然而千年過去，族中早已無人記得你有何過錯，就算族人不知道你是『凶神霸鬼』，但大家卻記得『鬼大人』千年以來的付出與守護。」

戰龍站起身，對著族人激情發言：「我的族人啊，就讓我們一同榮耀先祖之名吧！」

這時，一位曾經受過戰天穹關照的戰族人，忽然重重的雙膝跪地，跟著大聲喊了一句：「有請鬼大人榮歸祖譜！」

這是他們這些曾受過戰天穹恩惠與照顧的族人，第一次知道鬼大人的名字竟然不在祖譜上！那位寡言嚴肅，一心向著家族的鬼大人，竟然是人類的黑暗守護神「凶神霸鬼」！

哪怕昔日在人類世界中他只有惡名，但百年前的那場戰爭扭轉了一切。在那厄難之時，自願犧牲自己保全世界，是需要多大的勇氣才能辦得到的事情啊！

當然，幾乎無人知道戰爭結束以後，「凶神霸鬼」的名聲之所以得以全面逆轉，全有賴於戰龍與卡爾斯以及幾位知悉事實的守護神私下刻意引導，加深人類對「凶神霸鬼」的好感。

戰天穹失蹤許久，回族以後也沒有多加關注世界對自己的態度。他絲毫不知現在的新界，

「凶神霸鬼」這個稱呼早已光榮的刊載進守護神名冊之中，而不是像過去那般不被世人承認。

戰天穹的害怕來自於他怕自己的真實身分被公開，會惹來族人的責難與反彈……殊不知，現在不只戰族人，就連外族人對「凶神霸鬼」的看法也已剩下單純的崇拜與讚嘆。隨著惡名淡去，人們更加看重與崇拜「凶神霸鬼」的強悍實力——這些都是戰天穹在過去五千年以來，為自己無形累積的影響力。

有一個人起頭，便有第二位、第三位。哪怕有些年輕的戰族人對戰天穹並不了解，但他們卻對百年以前投身黑洞終結災難的英雄「凶神霸鬼」萬般熟悉，那樣的絕世強者是他們最為嚮往與憧憬的對象。在知道這次擔當自族主祭的存在竟然是自己崇拜的對象，他們便也激動的跟著自己的父親長輩一同跪了下去。

「凶神霸鬼」竟是我族先輩，這真是……多麼榮幸的一件事啊！

這幾乎是在場所有戰族人的心聲。

「有請鬼大人（凶神霸鬼）榮歸祖譜！」

沒有預想中的恐懼、責難與排斥，有的卻是一雙雙激動與充滿光彩、希望的眼神。

此時的戰天穹，早已紅了眼眶。

那些在遠方觀望的外族人，聽見廣場上戰族人們的齊聲吶喊以後，更是震驚愕然。

「『凶神霸鬼』竟然真是戰族人！」

「戰族的鬼大人竟然是『凶神霸鬼』——沒想到戰族的底蘊竟然這麼深，看樣子很多計畫得更改調整了呀。」

卡爾斯在戰族人齊聲吶喊時也跟著激動的站起身，握緊拳頭，臉上有著為友人感慨的情緒。

「戰龍，幹得好！阿鬼等這天可是等了五千年了呀，終於……」想起友人這些年來的傷痛與沉重，饒是性格狠辣的卡爾斯，也忍不住為友人承擔的那些過往而跟著心澀。

不過，苦痛都過去了。戰天穹終於跨越千年的沉重，得以從中解放了！

卡爾斯的臉上重新浮現笑容，他將一旁的紫羽拉進懷裡緊緊擁抱，彷彿唯有如此，才能表達他的喜悅與激動。

「阿鬼，這一次，你和君兒一定要幸福啊……」

這回，他們終於能夠順利的結為夫妻了吧！要知道，即將到來的那場婚禮可是遲了許久、許久了……

Chapter 09

許諾永恆

第三日的祖祭結束，然而戰族人內心的激動情緒還是沒有消緩。

那位百年前終結戰爭與危機的英雄，沒想到竟然是他們戰族中人！

他們親眼見證並且參與了那無比輝煌榮耀的一刻。

當長老們慎重的將年代古老、已然泛黃卻保存完好的祖譜取出，由戰龍親手將戰天穹的姓名重新寫回他本來的位置時，自然沒忘記在上頭留下戰天穹的成名稱號——「凶神霸鬼」。

戰天穹看著祖譜上新寫下的自己的姓名，不由得又是感慨又是激動。這對他而言不僅僅只是族人的一份心意，也是一種終於能不愧列祖列宗的解脫。

就在祖祭結束以前，戰龍更是宣布了令人激動的第二個好消息。

所有的戰族人都知道這一次祖祭是有一位家族的重要成員就要娶妻，而這位要迎娶新娘的族中重要成員，便是今日回歸祖譜的戰天穹！

「凶神霸鬼」的妻子自然不會是尋常平凡的女子。那位神秘的新娘便是龍滅戰爭時成名、卻與「凶神霸鬼」一同失蹤的「星神魔女」！

當戰龍對著族人講述新娘的身分時，不經意的提起了百年以前的魔女謠言，以及現在流傳於世間、惡鬼與魔女彼此慕戀相愛的浪漫愛情故事。而真正令人震驚的還是這位神秘魔女的身分——

——她可是「陣神滄瀾」的妹妹、「白金魔神」的親生女兒！

巫賢的成名在龍滅戰爭以後，身為符文的創造者，他掌握著許多超越當代科技的智慧與知識。他為了不讓人類在結束與異族戰爭後陷入內部征戰，便釋放了大量更精密的科技，讓全體人類轉移目標精進符文，忘了互相爭奪一事，因此得到了全人類的尊敬，並且在人類的科學進展史上再次留下了一筆重重痕跡。就連空間跳躍的技術與研究，也是在他的協助下得以實現。

「白金魔神」可是現在的科學家與符文師最崇拜的對象。

「陣神滄瀾」更是世人熟知的成名強者。可惜有傳言指出「陣神滄瀾」在龍滅戰爭時受到重創，直到今日都還未能休養康復，也因此他才會急流勇退，不再出現於人前。

透過戰龍的介紹，戰族人也漸漸了解這位魔女在戰天穹心中的地位以及她過去對他的付出與支持。再加上惡鬼與魔女的故事幾乎是眾人皆知，哪怕那只是各方謠傳並且改編後的內容，但還是多少講明了他們戰族的惡鬼與那位神秘魔女的深刻感情。

這讓戰族人不由得期待起了在祖祭日最後一天舉行的盛大婚禮。

雙喜臨門，幾乎是讓所有的戰族人滿面春風，笑容洋溢。

第四日的祖輩訓話，自然是由前一日榮歸祖譜的戰天穹擔當此次的發言者。

過去的祖輩訓話，一般是由年長且強悍的族人講述修煉上的一些技巧與心得分享，這一次戰天穹也依循過往，和族人講述自己千年以來對修煉的心得，同時也將自己昔日被心魔所困，最後又如何和心魔和平共處、圓滿自己的靈魂經驗講述而出。

曾有擔當教官經驗的戰天穹，講述的方式內容直指關鍵，偶爾搭配一些切合的範例做講解，令不少在修煉上遇上瓶頸或困擾的族人受益良多。

第五日的族事宣布，由長老們與戰龍一同宣布戰族短、中、長期的各項規劃與全新的目標。而這次除了戰族人以外，其餘受邀前來的組織領導者與家族族長也一同參與了今日的談話。

戰族趁著「凶神霸鬼」戰天穹光榮歸族，在人心最振奮激昂的時刻，提出了對家族未來前程的弘遠野心。與過去的按兵不動不同，戰龍終於下令讓族人在此次祖祭結束後，正式征途宇宙！

沉寂百年的戰族，就此甦醒！

往後，他們將強勢出擊，趁著此時的氣勢，一鼓作氣在漫漫宇宙中，留下屬於戰族的痕跡。

隨後由塔萊妮雅公布一些自族內部的營運報表、族中的戰力統計等資料，向受邀而來的客人們展現他們戰族的底蘊，並且順勢提出了商議結盟一事。

這一次卡爾斯雖是以個人名義受邀，卻是第一個站出來同意結盟的組織領導者。雖然卡爾斯身為星盜，但在人類世界頗有名氣與威望，並且他可是使用個人名義參加此次邀約，無疑表達著「冥王星盜」與戰族中的某位重要人士存有密切關聯的事實，讓人絲毫不敢小覷卡爾斯答應邀約所展現出來的分量。

不過，其中還是有不少受邀者表明希望要回族中商議，而沒有當場給出答覆；但也有不少家族組織當場就接受了戰族的邀請——畢竟戰族可說是目前人類世界之中，唯一同時擁有兩位實力強悍守護神的強大家族，明眼人都知道這是一個極好的機會。

在第五日的族事宣布結束前，戰龍提出，由於先前需要進行祖祭，因此婚禮的布置沒有完全到位，希望族人可以一同幫忙布置婚禮會場一事，很快就得到全體族人的支持。

很快的，婚禮的布置在戰族人的協助下，開始加緊趕工。

看著自族人這份盡心盡力的模樣，戰天穹說不感動是騙人的。

第五天結束後，仍在猶豫結盟與否的家族和組織提前離開，各自趕回家族，準備要將這個消息傳遞出去。相信不久之後，「凶神霸鬼」平安歸來，並且被戰族光榮迎回族中的消息就會傳遍整個新界。

同意結盟的受邀者亦趕緊傳訊回族，在傳遞消息的同時，也讓旗下組織或家族趕緊重新準備祝賀戰天穹結婚的賀禮。他們先前僅知道戰族將有一位重要人士要結婚，所以早有準備禮物，只是在知道戰天穹的真實身分後，原本的禮物就顯得有些分量不足了，他們便決定要重新準備，好聊表結盟的誠心。

很快的，戰族祖祭終於迎來了第七日……

＊＊＊

另一方面，滄瀾學院的神陣巨塔裡，巫賢神情複雜的看著眼前穿著白紗的女兒，臉上的表情有著感嘆、有著無奈、亦有著氣惱。

好不容易才結束戰爭，人類得以從龍族製造的災難中解脫，但君兒和戰天穹卻失蹤了百年，害得他們兩夫妻苦苦守候了百年；可君兒好不容易回來了，卻是一心掛記著愛人，雖然對父母懷有歉意，但下嫁給戰天穹的心情則是極其堅定。

巫賢不捨，直要君兒延後結婚的時間，希望她能夠再多陪陪他們兩夫妻。他們想要補償君兒過去缺失的父愛與母愛，但在君兒固執的堅持下，只好退而求其次——在君兒嫁給戰天穹並且蜜月旅行回來以後，君兒得長住在他們兩夫妻身邊一段時間，反正戰天穹能夠長距離瞬移，想老婆的時候可以直接瞬移來相見。

「唉，女兒大了，留不住啊。」巫賢感慨出聲，神情盡是不捨。

牧非煙倒比巫賢放心多了。自己的女兒長大要結婚了，圓滿了昔日妹妹辰星沒能擁有愛人與被愛的遺憾，這對她而言就足夠了。她不求多，但求君兒幸福而已。

牧非煙正細心的為君兒打理臉上的妝容。在女兒這生命中最重要的時刻，牧非煙決定親自為君兒上妝，好為她盡一份心力。

此時的君兒披上了精緻設計的雪白婚紗，貼身的魚尾禮服展現了她的姣好身段；平口的設計小露香肩，加上束腰，突顯了君兒豐滿的上圍。秀雅的蕾絲華美典雅；她一頭黑髮高盤，帶來幾分優雅氣質；手上捧著由白乒乓菊、白玫瑰與繡球花製作而成的藍白雙色捧花，帶來了幾分俏皮之感。

巫賢看得驚豔，卻也同樣的惆悵。還沒能給予補償，如今女兒卻將嫁為人妻，這讓他有些遺憾與失落。面對女人家的裝扮一事他幫不上忙，只好牽著勉強被喚醒的羅剎走到一旁等候。

此時的羅剎是男孩的模樣，只是眼神卻不如過去靈動，猶如死物——本源圖騰重創，要復原的時間比巫賢預料的更長，哪怕過了百年羅剎得以甦醒，但顯然甦醒的並不完全。

他如同一個牽線木偶一般，連一些基本的思考都沒有，只能按照命令行動。這讓巫賢無比心痛，好歹羅剎也是他最完美的造物，等同於自己的孩子一樣，卻因為龍滅戰爭自我犧牲而傷成這樣……他已經盡力的修復羅剎了，剩下的只能讓羅剎自行復原，就是不知道要花上多少時間。

可惜，羅剎沒能夠以完整的狀態參與君兒的婚禮，無論是對他本人或者是對他們而言，都是一種遺憾。

「好了。」牧非煙退了幾步，滿意的打量在自己巧手妝點下，更多了幾分甜美與嫵媚神采的君兒。她眼中有著滿意與感動。「君兒，我以妳為榮。」

說完，她小心的為君兒披上長及腰部的雪白頭紗，對著君兒揚起一抹驕傲又自豪的笑容來。

君兒羞澀的笑了。穿上白紗、妝點可人的她，綻放了耀眼的美麗。隨後，她轉頭對著巫賢歉意一笑：「爸爸，對不起呢。但請相信我和天穹結婚後也不會忘記你們的。」

巫賢埋怨出聲：「就算不會被忘記也會被排在那傢伙背後……」

牧非煙輕笑出聲，為君兒細細整理了一番禮服與那拖曳地面的尾裙，才滿意的走到巫賢身旁，挽著丈夫的手，欣賞與滿足的看著自己美得不可方豔的女兒。

「阿賢你別埋怨了，現在的君兒好美，不是嗎？」

巫賢驕傲的挺起胸膛來，說道：「那當然，君兒可是擁有妳和我的優良基因呢！我的女兒可是集天地靈氣於一身的絕世魔女，連戰天穹那頭惡鬼都被我女兒迷得團團轉呢。」

想到戰天穹對君兒的痴戀，巫賢本來委屈的心情倒是舒緩了不少。

哼，戰天穹強勢冷酷又怎樣？遇上他女兒還不是鐵漢化作繞指柔。

君兒俏臉微紅，使用符文技巧在自己面前凝聚出一片水幕，透過光潔的水幕照映出自己此時的樣貌。才剛見水幕中的自己，她便被自己此時的模樣驚豔了。

水幕中，她臉上的紅暈搭配著妝容，令自己多了幾分小女人特有的羞怯之情；這一身如夢似幻的白紗，忍不住讓她想起了許久之前，她也曾穿過類似卻是黑色的禮服，就要嫁給自己不喜歡的人……還記得當時對感情懵懂的自己，第一時間就想起了那默默守護著自己的鬼先生。

當時她想著，如果牽著她的手、將要成為她未來丈夫的男人是鬼先生就好了。沒想到自己會有真正嫁給他的一天。

昔日的朦朧情感與如今的真情相許，讓君兒覺得人生真的充滿驚喜與機遇。

經歷了那麼多事情，事到如今終於要嫁給她最心愛的鬼先生了！

現在仔細想來，君兒都會忍不住因為年幼時期對戰天穹說出的那句「我要嫁給你」的大膽發言而感到羞糗不已。不過也許，早在自己仍青澀、對感情懵懂不清的那時，她內心深處早就愛上他了吧？

就如前世牧辰星在最後一刻，對著噬魂許諾的那句誓言……

「如果還有下一世，換我來愛你。」

這一世，就由她來愛戰天穹吧。愛到靈魂深處，愛至時間盡頭、宇宙終亡的那一刻為止！

巫賢靜靜看著水幕中美麗的君兒，彷彿看見了辰星的幻影。

這一次，辰星終於能夠幸福了吧？

巫賢輕輕嘆息，這才問道：「準備好了嗎？」

君兒看著水幕中的自己許久，那綴滿星星的眼眸閃過許多情緒，似是在回憶、更有著對未來的期許。她聽巫賢發問，這才回首對著巫賢展顏微笑：「好的。爸爸，就麻煩你了。」

巫賢再次嘆息，然後面目猙獰低聲道：「真想把那個奪走我女兒一顆芳心的混帳殺掉……」

然而，君兒卻是一笑：「爸爸辦得到的話，就試試看囉。」言談間，盡是對戰天穹的信賴。

闊別多年，哪怕他們流落到沒有星力的異界，戰天穹的境界不退反進。

過去，戰天穹的實力的確不比巫賢，總是被巫賢壓制，但在異界流浪時他看見了許多不同於新界的修煉觀點與論說，去蕪存菁，將其精華融合進了自己的修煉之中，就在他回歸新界以後，他已經能夠創造屬於自己的星神世界——並且掌握了比巫賢更強的實力！

事到如今，若是真正使出全力對戰，誰勝誰負可難說了。

就連巫賢，面對此時的戰天穹也不敢保證自己一定能獲勝，更何況是殺了他。

「哼，還沒嫁就替老公說話了，嫁出去還得了？」

巫賢一臉氣惱，讓君兒窘迫的又紅了臉蛋。

「好啦，爸爸，你別生氣。不過還是別進行無意義的紛爭囉，我不希望你和天穹吵架。」

「我欺負他不成，我欺負他養子總行了吧。」這個時候巫賢忍不住想起戰龍的好，打不還手、罵不還口，還會笑臉盈盈的賠罪又討人歡心。嗯，多這麼一個便宜孫子感覺真不錯。

牧非煙看了一眼時間，略帶催促的提醒道：「阿賢，再不出發就要耽擱時辰了。」

「知道了。」巫賢雖然埋怨，但還不至於想惡意拖延時間。他將手上牽著的男孩羅剎交給了

妻子，抬手撕開空間，先一步將牧非煙和羅剎送到戰族。

「……如果遇到什麼不快樂的事情，別忘了回家。」巫賢淡淡的提醒了一句，然後收斂了臉上的惆悵與惱惱情緒，恢復了面對外人時的冷靜。

「好。」君兒低垂著頭，因為父親的關心，甜甜的笑了。

巫賢深吸一口氣，這才帶著君兒踏進了空間縫隙之中。

＊＊＊

空間縫隙的另一頭，戰族的婚禮會場已然布置完美。

此時的戰天穹穿著白色的新郎西裝，有些緊張的站立在廣場趕工布置出來的禮台前，等候著君兒的出現。他原本是打算穿著尋常的黑西裝，卻被戰龍還有長老們硬是駁回了他的意見，要他別再穿著過往的保護色。

這場婚禮結合了過往時期東、西方的特色，既有東方的喜氣紅，亦有西方的聖潔白。紅與白交織出一種熱情大方卻又純潔秀雅的獨特氣質。

隨著新娘入場的時辰將至，眾人不由得屏息以待。此時雙方家屬席位上各自有人前來落坐。

「妮雅，怎麼辦？我好緊張！」戰龍難得穿上燕尾服，和穿著禮服的塔萊妮雅坐在男方家屬區，神色緊張。

塔萊妮雅忍不住被戰龍慌張的模樣逗得一笑，「你和我結婚的時候就沒那麼緊張，現在你義父結婚你在緊張什麼？」

「哎，那不一樣。現在可是我爹的婚禮耶！」

「……龍，其實我這些年來早有懷疑了，你是不是……有戀父情結？」

「當然，誰不愛自己父親啊？」戰龍理直氣壯的回道：「我可是最崇拜爹也最喜歡爹了！」

「妮雅小姐，跟粗神經的人談論這種問題是沒有意義的。」卡爾斯帶笑的嗓音由兩人後方傳了過來。身為戰天穹的友人，他自然是坐到了男方家屬親友的區域來。紫羽裝扮得俏麗可人，身為伴侶的她，自然也跟在卡爾斯身邊。

「也是。」塔萊妮雅笑了笑，她早就知道戰龍是這種性格的人了。雖然性格大剌剌又粗魯，但有時候這樣的真性情卻意外的可愛呢。她很快就轉移了注意力，看向了女方家屬的區域——緋凰、阿薩特，還有蘭與靈風全都坐在那一邊。

塔萊妮雅在跟了戰龍以後，就與緋凰等人保持了聯繫，彼此的關係也從昔日的師長學生逐漸轉變成大姐姐與小妹妹一般的角色，彼此的關係隨著時間慢慢修復，如今也變得更親近了。她向緋凰等人點頭打了聲招呼，緋凰和蘭更是回以燦爛的笑容。

緋凰等人都換上了禮服或是西裝，唯獨靈風還是穿著自己喜好的裝扮，在穿著得體的一行人之中，顯得格外特立獨行。不過他也不在意他人目光，倒是過得挺自得其樂的。

當空間縫隙突兀的出現在紅毯另一頭時，眾人不由得屏住了呼吸。

牧非煙難得的穿著禮服展現姣好身材，她牽著羅剎走出空間裂縫。此時的羅剎在穿梭空間的極短時間裡，按照巫賢的指示變化為成年男子，也就是世人熟悉的「陣神滄瀾」的模樣，只是神情一樣呆滯。

牧非煙挽著羅剎的手臂，帶著他走至女方席落坐，藉此掩飾他此時猶如操線木偶般的狀態。

當牧非煙出現以後，戰天穹知道，等會再從空間縫隙出來的將是他朝思暮想的人兒了。

歷經各種困難與痛苦磨難，他們兩人如今終於走到了這一步。婚姻不僅僅是人生的一個重要里程碑，也意味著情感的歸屬與新的開始。

有人說婚姻是愛情的墳墓，但戰天穹偏要說婚姻是愛情的新生。

正如噬魂教會他的，一件事本身並無對錯，全看人如何去看待這件事。若你將一件事看作災難，那你就只看得見事件中負面的一面；反之，若將事件視為美好，便能看見隱藏在事件裡頭的禮物。

巫賢率先跨出了空間縫隙，目光森冷的死死瞪著戰天穹。

一旁負責主持這場婚禮的戰族長老，見到巫賢到來，便高聲喊道：「新娘入場——」

穿著美麗婚紗的新娘，被巫賢自空間縫隙中牽了出來。

君兒臉上有著羞澀的憨紅，儘管有頭紗遮掩，卻還是令戰天穹的心跳有了瞬間停頓。此時此刻，哪怕相隔紅毯兩端，他們眼中早已剩下美好的彼此。

巫賢走得極慢，顯然捨不得這麼快就將女兒交到戰天穹手上。然而，紅毯終有走完的時候，巫賢最後還是來到了紅毯末端、戰天穹身前。兩名風格各異的男子四目相視，戰天穹的眼神堅定坦蕩，然而巫賢的眼神卻是冷到極致的怒氣。

巫賢冷酷無情的發言道：「如果你敢讓我女兒受到一丁點委屈，我就詛咒戰族往後只會誕生女兒。」

聞言，戰天穹和其他幾位聽見巫賢發言的戰族長老們不約而同變了臉色。

君兒警告的捏了捏父親牽著自己的手，讓巫賢冷哼了聲，心不甘情不願的將君兒的手交到了戰天穹手上。

就在君兒的手離開自己掌心的剎那間，巫賢竟感覺眼眶一陣酸澀。

「辰星，要幸福啊。」他看著君兒走向另一名男人的身影，低聲祝福著。他沒有呼喚君兒的名字，而是稱她作「辰星」，因為那是巫賢內心最深最痛的愧疚。

君兒轉頭，露出一抹靦腆害羞的笑容來，卻回說：「我會幸福的，我向你保證。」

巫賢臉上這才浮現釋然的笑容，他衝著戰天穹喊道：「戰天穹，絕對不准欺負我女兒，聽見沒有？！」

「我會珍惜她，以我的生命起誓。」戰天穹慎重的給出了保證，讓君兒挽住自己手臂，兩人一塊走向等在前頭的婚禮主持人。

君兒低著頭，戰天穹則是目不斜視的望著前方的婚禮主持人，儘管兩人的目光沒有交會，卻能夠感覺到對方的激動與緊張，還有那洋溢心房的幸福與濃濃深情。

主持人簡單介紹一番眼前的一對新人，便有請新人互相交換誓詞。

不同於君兒過去參加皇甫世家婚禮的傳統流程，主持人沒有詢問雙方是否願意嫁或娶對方，而是採用交換誓詞這樣的方式，在這場婚禮上，讓一對新人互訴給彼此的永恆誓言。

戰天穹與君兒彼此面對面。戰天穹清了清嗓子，率先說出自己的誓詞——

「我獨行千年，身處黑暗，嚮往著光明與溫暖。日復一日，我重複著枯燥乏味的生活，心如死湖——直到妳眼中的繁星點亮了我內心的昏暗。還記得當時那耀眼又堅強的妳讓我駐留了目光，不知何時擅自闖進我的心房。擁抱我的罪惡、包容我的絕望，妳成為了我心中唯一的光。愛使我堅強面對苦痛過去，愛使我勇敢戰勝內心黑暗，我這位惡鬼因為妳的愛而得到了救贖，妳是我此生最美的奇蹟，我將傾盡我生命的一切來疼愛妳、照顧妳、珍惜妳。今日，我將我的生命、我的靈魂與我的一切，全部交給妳。獻給我、戰天穹摯愛的魔女淚君兒，我愛妳，我向妳宣示我靈魂永恆的愛戀。」

君兒酸澀了眼眶，她望著戰天穹帶著無盡深情的眼，哽咽著聲音接著說出了她的誓詞——

「在我迷惘時，你總是默默守在我的身後，給予我需要的支持與幫助；在我痛苦時，你借出你的胸膛讓我安歇。曾幾何時，眼中不知不覺只剩下你溫柔的赤紅眼眸，哪怕表面寡言冷漠，但你那隱藏在那些情緒底下的溫柔如冬日時的旭陽一般，溫暖了我寂涼的心。正如前世的誓言，今生，由我來愛你。」

君兒深吸了口氣，語氣不由得變得堅定：「我愛你，你的痛苦由我來疼惜、你的傷痛我陪你一起承擔、你的寂寞由我來圓滿。往後，我將成為你的守護，你不孤單。我、淚君兒，向戰天穹許諾，今生、來世，我的靈魂將永遠屬於你。今天，我將自己交給你……」

說到最後，君兒臉上的紅潮已然朝頸部蔓延，令她整個人都綻放著羞怯甜美的氣質。

戰天穹眼裡有著激動，卻是幸福的揚起一抹滿是喜悅與柔情的溫柔笑容。

「有請新郎新娘交換戒指！」

之後的流程與其他的婚禮沒有太多的變化，戰天穹和君兒各自為對方戴上了紅鑽的男戒與紫鑽的女戒，並且在眾人的鼓吹下，戰天穹掀開了君兒的頭紗，深深的吻住了君兒的紅脣……

然而，與台上的幸福氣氛不同，巫賢眼眶有淚，卻是一臉鐵青的好像要殺人一樣。他忽然猛地自座位上站起，怒吼了一聲：「戰天穹，你搶走我一個女兒，我要你賠給我百千個女兒！我要詛咒戰族接下來百年內誕生的新生兒全都是女兒！」

「命運咒書」忽然被巫賢召喚了出來，牧非煙震驚的想制止巫賢。

「阿賢，你冷靜點！」

「巫賢爺爺您冷靜點啊！」戰龍動作飛快的撲了過去，想制止巫賢的暴走舉動。

「這這、白金大人，請您冷靜呀！」戰族長老們也慌了神。

婚禮主持人更是傻愣當場。

「爸爸！」君兒一聽巫賢這樣吶喊，硬是掙脫了戰天穹的親吻，又氣又惱的看向情緒崩潰的父親。

戰天穹也是臉色鐵青，巫賢此時的攪局實在太不識趣了。

現場陷入一片混亂，看得本來想上前祝福的外族人全都傻了眼，戰族人更是手足無措的不知該怎麼才好。兩邊都是重要人士，幫這也不是、幫那也不行，這這這……這究竟是演哪齣戲啊！

在混亂之中，獨坐在座位上的羅剎顯然被人忘記了。只是不知怎的，場中的混亂卻讓他本來空洞的表情似乎微微揚起了一抹極淺的笑意，似是在預示著他的完全甦醒之日將近了。

「放心，我會好好照顧君兒的！」戰天穹一個吶喊，便彎身將君兒抱了起來。

兩人目光交會，彼此漾起幸福笑容。

「祝大家也能幸福！」君兒嬌聲喊道，隨後便將捧花高高扔向了人群最密集的所在。

藍白雙色的捧花在陽光的照耀下高飛而起，吸引住了所有人的目光。所有單身的女子們各個使出渾身解數，想接下那象徵幸福的捧花。

戰天穹趁著眾人的注意力從他們身上挪開的這個時機，再次落下愛戀的親吻。

一定會幸福的！

因為這是魔女和惡鬼的靈魂在最早相遇時，便已經互相許諾在彼此靈魂深處的誓言——

『噬魂，如果我們相愛的話，你覺得我們的愛會持續多久呢？』牧辰星用著一種惶恐與擔憂的語氣詢問自己身旁的赤髮虛影。

『我相信我們的愛會一直持續到時間盡頭、一路閃耀至宇宙深處吧！』噬魂斬釘截鐵的回道，語氣中有著期待。

『……如果那樣，一定很幸福。』牧辰星這才展顏為笑。

『我會讓辰星幸福的。我們就這麼約定了，如果我們能相愛的話，我一定會讓妳成為這個宇宙中最幸福的女人！』

這是屬於牧辰星與噬魂，在最初那時，彼此留下的一份約定……

Chapter 10

眷戀纏綿

隨著夕陽漸落，戰族大城也因為婚禮的結束，開始做最後的收拾與整理。

受邀而來的客人們除了卡爾斯一行人以外，全都拜別了戰族，各自踏上歸程。反正之後也有結盟事宜要討論，卡爾斯便暫緩了歸程，順勢在戰族大城享受久違的假期。

情緒激動的巫賢最後還是沒能使用「命運咒書」詛咒戰族，這全多虧了柔性勸說不成，最後終於大發雷霆、被巫賢氣哭的牧非煙協助，才得以結束了這場鬧劇。不得不說，哪怕巫賢身為世界之主，卻還是會害怕面對老婆的怒氣與眼淚。

婚禮終於和平的落幕，戰天穹和君兒這對新婚夫妻終於被送進了新房。在一些傳統的婚嫁習俗流程結束以後，天色也早就暗了下來。

戰龍很是認真的擔當起新房外的巡守，省得有哪個不長眼的想來鬧洞房。不過他顯然是多慮了。戰天穹的身分擺在那，這個世界怕是沒幾個人敢去叨擾戰天穹的新婚不眠夜。

或許所有人之中，只有巫賢存有破壞女兒新婚夜的糟糕念頭。不過也因為女兒嫁了，他傷心，所以乾脆放縱自己、任憑酒精麻木自己的神經，讓自己最終得以酒醉睡去，眼不見為淨。

卡爾斯自然是樂得拖著靈風和阿薩特，又招了幾個戰族人一塊去喝酒了。至於女人們則是聚在一塊閒話家常。

月光落在已然恢復平常狀態的戰族大城上，但溫馨猶存。

＊＊＊

戰天穹釋放了自己的精神力，略微探測了一番房外的情況，知道族人為了留給他一個和新娘獨處的清靜空間，早已淨空了新房附近的住宅。外頭只有戰龍在幫忙他守衛，這讓戰天穹不由得為養子的一份心意而有些感動。

只不過他還是不放心，隨手召出了領域完全封鎖了新房，他刻意操控領域使之染上能夠阻擋外界畫面的血紅色澤。在確認聲音與畫面不會傳出外界，戰天穹才回首望向坐在床邊，兩手死死揪著禮服裙襬的美麗新娘。

君兒臉色豔紅，在婚禮上她也因為巡禮而飲了不少酒，儘管距離酒醉還有一大段距離，但酒精卻為她的臉龐渲染上了極美的紅暈，讓她看起來好似正在等人摘採的嬌豔鮮花。

新房內，燈光爍爍，安靜的讓君兒能夠清晰聽見自己急促的心跳聲。

哪怕在異界流浪朝夕相處時，戰天穹多少會做出一些極為親密的舉止與碰觸，君兒很多時候都已經做好要將自己全部交給愛人的心理準備，但戰天穹總是非常理智的恪守底線，沒有在結婚前先要了她。

她明白戰天穹是尊重她，當然多少也是因為有大燈泡靈風在的緣故，讓戰天穹有所顧忌，但她總會忍不住懷疑是不是自己沒有魅力，沒辦法讓自己的男人對自己產生衝動？可當真正結婚，即將要迎來此生最重要的一夜時，君兒雖說先前早做好了心理準備，但當坐上床沿的那一刻，她忽然覺得自己的勇氣似乎莫名其妙的消失不見了。

難以形容現在的感覺，有點期待又有點害怕，有點茫然又有些無措。這樣糾結的情緒讓君兒臉上難得浮現了如小兔子一般楚楚可憐又膽怯羞澀的模樣，看得戰天穹眼神幽暗。

「我、我……天穹，我需要做些什麼嗎？」君兒繃著身子，不知道自己該是要先脫禮服，還是先去洗澡？她的小腦袋瓜子裡有些混亂。

看著羞怯不已的小妻子，戰天穹微微揚笑，邊扯開自己西裝的鈕釦，邊走上前，將君兒直接壓制在床上，同時隨手甩開那束縛著他一整天的領帶。

「妳什麼都不用做。」戰天穹掀開了君兒的頭紗，心憐的看著君兒緋紅的俏臉，小心的替她解開頭上的盤髮，讓一頭美麗的黑髮傾洩而下，披散在雪白的床鋪上。

「妳只要享受就好，接下來是男人的事情。」語畢，他低頭激情的吻住了眼前那張嬌豔欲滴的粉唇。爾後他離開君兒的唇，在她白皙的肩頸處落下輕輕淺淺的細吻，同時探手至君兒身後，拉開了白紗禮服的背後拉鍊。

「等、等等——」感覺到禮服被拉扯，君兒緊張的出聲想制止戰天穹的行為。但隨後當她對上戰天穹深沉得令她顫慄、充斥著獵人看待獵物一般的渴望眼神時，她這才察覺，或許自己並沒想自己想得那樣沒有魅力，而是戰天穹的自制力太好。

現在，他已經無須壓抑自己長久的渴望，他眼中閃動的灼熱火光，彷彿就要將她燃燒殆盡似的，燒融了君兒的慌亂，取而代之的是一種想要回應戰天穹這般深濃情感的溫柔。

「……請、溫柔一點。」聽說女孩子第一次都會不太舒服，君兒只得弱弱的提醒戰天穹了。雖說她語氣有些顫抖，但已然停止了掙扎與害怕，眸中羞意閃閃、神情有著默許。

看著君兒這樣羞澀可人的模樣，戰天穹眼神微黯，在君兒眼前露出一抹性感至極的笑容，這個難得一見的笑容也醉了君兒的思緒——接著，淺淺的吻落下，然後逐漸轉為點燃兩人身心火焰的熱吻。

戰天穹決定要以行動證明，他有那個能耐能讓自己的女人和自己一起，享受男女之間的美好糾纏。

一吻方醉，這是君兒第一次面對不再保留情欲的戰天穹。這樣放肆的他讓她在內心為之悸動時，不由得又多了幾分高興——那是又發現戰天穹全新一面的喜悅之情。

在兩人深吻時，君兒可以看見戰天穹的慎重與認真，他眼中的疼愛之情令她心生感動；而戰天穹則沒有忽略君兒的眼神因為他的親吻越發柔和與迷亂、她眼中的繁星似乎變得更加爍亮了，這讓他只想傾盡一切希冀能令她感覺愉悅。

彼此的禮服與西裝一件又一件的被扔到床下，很快的，兩人之間再無遮掩。

戰天穹虔誠的在身下那具甜美身軀上以深吻烙下屬於自己的印記，君兒羞澀的咬著唇，偶爾會自唇邊溢出令人著魔的低低喘息與細碎呻吟。當她聽見自己不經意溢出的陌生聲音，內心又羞又恥，只能閉上眼不去看戰天穹在自己身上肆虐的行為，但是閉眼反而讓身子更加敏感了。

「……君兒，妳好美。」戰天穹看著君兒的眼神也有著迷醉，只是他隨後卻是輕嘆：「我這種汙穢的人，何德何能……能擁有這樣美好的妳？」

君兒玉手撫上戰天穹結實的胸膛，卻是語帶譴責的警告出聲：「不許這樣說！愛情裡頭沒有資格與否，只有你愛我和我愛你而已。天穹，我說過我不喜歡你貶低自己。」

君兒臉上有著氣惱與心疼，就是不喜戰天穹偶爾總會語出這類的自貶語詞。在她心中，哪怕他或許存有缺陷，但這些都是組成他這個人的「完美」。

戰天穹輕輕一笑：「好，不說了。」他靠在君兒敏感的耳旁低語道：「等等如果不舒服記得要告訴我。」

君兒縮了縮身子，因為那落在自己耳旁的溫熱呼吸而渾身發軟。她可以感覺到戰天穹因為長年修煉習武生滿厚繭的掌心，開始試探性的碰觸她，並且在她身上撩撥起燎原大火。

那雙曾經擁抱她無數次的雙手、曾為她逝去多少眼淚的指尖，此時正用著一種她不理解的陌生行為在她身上各處流連忘返，偶爾會在觸碰到一些羞人部位時加重力道，輕撫挑揉，惹來她的驚呼與細喘。

戰天穹很有耐心，一點一滴的引導君兒去習慣自己這樣陌生的碰觸，讓她慢慢的敞開自己、直到能夠完全接受他為止。

哪怕已是新婚夜，戰天穹依然沒有粗暴的直接滿足自己的欲望，而是顧慮君兒更多，這讓君兒在因他的行動而顫慄時，又忍不住因為他的隱忍與溫柔感動不已。

若非愛她、疼她、尊重她，戰天穹不會有那麼大的耐心這般對待她。

只是就在君兒沉醉於愛人溫柔的對待時，她不經意的注意到戰天穹眉眼間雖有心憐，可隨著時間漸長，開始帶上幾分痛苦之情——顯然，他雖然很有耐心的挑撥她，但自己正承受著男人才有的難言苦楚。

君兒不由得又是心疼又是好笑。

這男人啊，直到此時都寧願自己忍著，也不強求她。

君兒忽然不滿於只有自己在享受這樣的狀態，於是由被動化為主動，生澀的學著戰天穹對待她的方式那樣對待他。

戰天穹因而粗喘了聲，突然箝住君兒變得越發放肆的小手，眼帶警告語氣粗啞的說道：「君兒，不要玩火。」

他的神情變得冷酷，君兒卻清楚戰天穹並不是發怒，而是理智怕是到了瀕臨崩潰的邊緣。那雙猩紅色的眼深不見底，神情帶上了幾分好似要將她吃下去的猙獰。

君兒沒忽略戰天穹眼神的變化，然而她並不害怕，既然決定今天要給了他，那她也不再顧慮什麼。當她不顧戰天穹的警告，探出另一隻手觸上壓在自己身上那顯得越發火燙的結實身軀時，戰天穹發出了悶沉的低哼聲，神情似是享受卻又好像更加痛苦。

君兒就像是發現了什麼好玩事，彎起一抹充滿興味的笑容來，她忽然好奇如果自己繼續這樣挑釁下去，會發生什麼事。

「我也想要替天穹做點什麼。」君兒像個好學生一樣，無比認真的要求道。

「……妳會為妳的行為後悔的。」戰天穹神情染上幾分罕有的邪意，他舔了舔下脣，展現出來的危險與性感直讓君兒臉紅心跳。

「這是我第一次看見這樣的天穹呢，不過，我喜歡。」

君兒主動伸出手，攀上戰天穹線條完美的肩，羞澀的送上紅脣。

不過，君兒顯然錯估了這樣挑釁行為所帶來的後果。戰天穹之後的行為舉止更加放肆，比起先前有過之而無不及，直讓君兒尖叫連連，又羞又驚，最後竟已是低泣出聲。

看著身下人兒哭得梨花帶淚的模樣，戰天穹動作絲毫沒有停歇，而是趁著君兒被自己撩撥至失神恍惚的時分，看著她為自己綻放的美麗風情，這才目光深沉的壓下腰身，重重挺進深處，再難壓抑自己渴望占有她的意念。

當兩人真正結合時，君兒疼得連連顫抖，卻是死死咬上了戰天穹的肩頸處，試圖想藉此表達自己的不適。戰天穹悶哼一聲，卻是停下動作。

「疼嗎？」他微微恢復了神智，懊惱自己為何在君兒的挑釁下還是忍不住粗魯了一回。明明自己是如此的珍惜她，最終還是讓她難受了。唉，衝動是魔鬼。

「還、還好……」哪怕身子不適，君兒還是一臉倔強。

戰天穹輕輕一嘆，低語了句：「傻瓜。」

此時兩人之間貼合的毫無一絲縫隙，君兒甚至可以聽見那壓在自己身上的精悍身軀裡頭傳出的心跳聲。那心跳，很急、很沉，聲聲敲進自己心裡，與自己的心音幾乎是同一個急促頻率。這讓她明白，痛苦難受的並不只她一人，內心的甜意似乎也讓身體的痛楚略微和緩了一些。

「乖，我疼妳，我愛妳，放輕鬆，妳現在只要乖乖享受就好。」戰天穹靠在君兒耳旁，低低呢喃著愛語，惹得君兒在心暖甜蜜之時，也在他的柔聲輕哄下，跟著放鬆了緊繃的身子。

戰天穹輕吻著她的髮梢，不停重複著那一句暖人心扉的「我愛妳」，然後在君兒的輕喘嬌吟聲中，如他所言，愛了她一回又一回。

厚實與纖細的掌心十指交扣，體溫與呼吸的曖昧交織。

床榻上，紅與黑色的髮絲糾纏在一塊，難分難捨，眷戀纏綿。

這一夜，他們終於如願以償的完整屬於了彼此，在彼此心上、身上都刻下深刻的烙印。

Chapter 11

戰龍：用笑容掩飾了哀傷

宇宙曆二七九三年，新界戰族。

「唉，五房的元天好像快不行了。」

「不是先前還好好的嗎？怎麼忽然就進入彌留狀態了？他底下不是還有一位孩兒，有決定要交給誰照顧了嗎？」

「據說是元天以前年輕時修煉操之過急留下來的暗傷，這一次他又過度急躁著想要突破，新傷舊傷一塊浮現，才會……元天那孩子單名一字『龍』是吧？看樣子他對自己孩兒的期望很深啊。那孩子名喚『戰龍』，是元天期許能他與龍族一戰，為他們那一脈戰死在龍族手下的先輩們報仇吧。」

「戰龍那孩子的天賦可是連鬼大人都讚嘆不已，只可惜那孩子實在是，唉……就是不知長老們和族長會怎樣安排，族裡有誰可以制伏得了那調皮孩子？」

談話的另一人沉默了。

而這時，一名族人慌慌張張趕了過來，邊嚷著：「不好了，五房的元天逝世了！」

在戰族的一處宅內，男孩大哭的聲音聲聲悲切，聽得隨後趕來看望的戰族人不由得為之神傷。這時，一位穿著紅黑斗篷、神情冷漠的男子緩步走來，族人在恭敬行禮之餘，不忘向那人打著招呼。

「鬼大人，元天他……還有龍那孩子……」

戰天穹面無表情的回道：「不用擔心，族裡很快會有人來安置元天。至於那孩子……」他一向冷漠的臉龐竟然浮現了幾分掙扎與猶豫。良久之後，他才輕輕一嘆：「往後，就由我來親自照顧指導。」

「咦？！」問話的族人為之傻愣。

鬼大人不是一向不插手這等事務嗎？這一次又為何……？

似乎讀懂了族人眼中的驚疑，戰天穹輕咳了聲，簡單解釋道：「戰龍那孩子有成為守護神的資質。」

聽聞此句的族人不由得震驚了。鬼大人可說是現在族中最強悍的角色，連他都有這樣的期許，可見戰龍在修煉上的天分之高。

不久後，負責處理後事的族人趕了過來，其中一位婦女溫柔的將一名赤髮男孩從宅中帶出，柔聲哄慰他不要難過。

男孩哭得滿臉鼻涕眼淚，看得旁人連聲嘆息。

戰天穹沉默的來到男孩身旁，不發一語的望著他，沒有向旁人一樣語出安慰。

就是戰天穹這樣的獨特與那渾身隔絕一切的氣息，反而讓男孩在離開宅之後，第一眼便看見了他。

鬼大人……族裡最神秘的角色，為什麼他會在這裡？戰龍小腦袋瓜子飛快的轉動思緒。聽說這位鬼大人非常擅長指導修煉，但手段非常之殘酷，莫非，臭老爸最後是將他託付給了這位傳言中如惡鬼一樣的鬼大人嗎？！

戰龍想到自己之後的悲慘生活，登時又「哇」的一聲大哭，邊哭喊道：「臭老爸，你不要死啊，你爬起來打我好了，打死我算了，打死我也不想修煉啦——」

聞言，戰族人不約而同眼角一抽。

戰天穹亦同，他早有聽過這位孩子的傳聞，卻沒想到在生父離世時，還能說出此等抗拒修煉的發言。

戰龍自幼便在修煉上展現了無與倫比的學習天分以及強悍天生的戰鬥直覺，被評論為當代最有潛力的戰族子弟，只是這孩子有一個缺點……那就是他對戰鬥與修煉絲毫不感興趣。

很難以想像未來成為人類守護神的戰龍幼年會有這樣一段經歷。但幼年的戰龍單純的只想玩樂，對艱苦的修煉絲毫不感興趣，更沒將祖訓與家族重視的修煉放在心上，經常惹來自己父親的氣惱與責罵，可這不但沒能讓戰龍收斂頑皮，反而更加的變本加厲。

只是戰天穹隨後又想起了關於戰龍的消息：母親因生育他而難產死去，家中唯獨他一子，父親待他無比嚴苛。

戰龍的經歷，不經意的讓戰天穹想起了自己。

如今戰龍的親生父母先後離世，他們這一房的族人又在上一次的龍族戰爭中幾乎死絕，只剩下戰龍的父親與他，而如今就只剩戰龍一人了。

這一定、很寂寞吧？

某種難言的心情在戰天穹心底蔓延，讓他一反過往的冷酷，生澀的抬手蓋上戰龍腦袋，沉聲說道：「往後，我會代替你父親照顧你，你不寂寞。」

戰龍驀然止住了哭聲，睜著赤紅的眼，傻乎乎的望著那專注看著自己的冷漠男人。不知怎的，聽著對方的這句話，以及感受到腦袋上那溫柔掌心的溫度，他忽然懷疑族中傳言鬼大人性格冷漠殘酷一事是否屬實。

鬼大人其實比他那個只會要求他修煉的臭老爸還更好呢！

他眼裡沒有其他族人在聽見自己不喜修煉以後會有的責怪情緒，只有一如過往的平靜——如海洋一樣，包容一切的平靜。

這樣的包容是他生活至今十年都未曾看過的眼神。這讓戰龍眼眶忍不住一酸，幾乎是沒有理由的，直接衝上前，抱著戰天穹的大腿再次痛哭失聲。他失去了老爸，雖然老爸以前對他無比嚴苛又冷酷，但那還是他相依為命的父親啊！

眼前沒見過幾次面，族中傳說冷酷的鬼大人，意外的令他感覺安心與信賴。鬼大人沒有像臭老爸一樣，看到他哭泣就斥責他懦弱的不像個男人，只有沉默以及那溫柔輕拍他腦袋的力道。

只不過戰龍還是想試探戰天穹的底線，便在流淚之餘不忘將鼻涕眼淚全抹上了對方的衣袍。一旁的族人見此就想上前拉開戰龍，卻被戰天穹制止了。戰天穹一句話也不說，只是扯來斗篷，有些粗魯但盡可能的放緩力道，為戰龍擦拭鼻涕眼淚，沒有絲毫嫌棄。

這讓族人不由得臉色怪異。戰天穹排斥他人接近與碰觸的習慣幾乎是戰族人眾所皆知的事情，但為什麼今日卻願意讓戰龍近身，還安慰他？

沒人知道，戰天穹看著戰龍，竟是在他身上恍惚看見了過去那個被父親冷漠對待的自己。當時的他，是多麼期許父親能這樣安慰自己……於是，他想也沒想的為戰龍打破了自己過往的規矩，主動向戰龍表達自己的善意。

或許，他也是在安慰幼年那個內心滿目瘡痍的自己吧。

之後，年幼的戰龍便跟著戰天穹一起生活。

奇怪的是，族人原以為鬼大人會以強勢手段逼迫戰龍修煉，但鬼大人卻什麼也沒做，不逼戰龍修煉、不制止他每天玩樂，只是縱容他做任何想做的事情。

有族人私下議論戰天穹雖擅長指導修煉，但怕是不擅指導孩兒。可他們只敢私下議論，誰也不敢當著當事人的面講出口。

戰龍經常聽見族人的竊竊私語，儘管他每日都在鬼大人的默許下過得很快樂，但總覺得這樣有些對不起那成為自己養父的鬼大人。

「那個，爹啊……」

戰龍過去稱自己的親生父親為「臭老爸」，卻稱戰天穹一聲「爹」，足以聊表他對戰天穹的敬愛與崇拜。

戰天穹忙於公事，沒有因為戰龍的問話而停下手邊工作。但戰龍知道，哪怕他沒有看著自己，也會傾聽自己的發言。

「你都不逼我修煉，為什麼啊？」

戰天穹這才停下了手邊工作，側頭專注的看向戰龍，問道：「逼你修煉，你快樂嗎？」這句話，不知問的是戰龍，還是他在詢問過去的自己。

戰龍搖頭，他不快樂，這就是他不喜歡修煉的原因。

「雖然你擁有成為守護神的潛質，但如果你不快樂，那樣的責任只會成為你生命的負擔。就做你開心的事情吧，無須顧慮其他族人的眼光。等你哪天找到自己真心熱愛的事情後，再燃燒一切去實現你的夢想吧。」戰天穹的表情依然冷漠，只是眼神卻不經意帶上了幾分溫和。

如果當時的自己能夠不要那麼堅持的想讓父親關注自己，或許一切都會不一樣了吧？

戰龍這才開心的笑了。就說吧，鬼大人其實很溫柔的！

「爹，你有夢想嗎？」他好奇問道。

戰天穹頓了頓，淡淡的回道：「……榮耀戰族。」

他臉上不經意閃過的悲痛，卻讓戰龍看見了這句發言裡所蘊藏的沉重。

戰龍小心的問道：「爹是不是不喜歡這件事？我看你每天都忙得好累，一點都不開心的樣子。」

「我不想提這件事。」

戰天穹忽然變得冷漠，瞬間疏離的感覺讓戰龍有些驚慌。

從此之後，戰龍不再詢問，只是多少留下了一份心眼。

被鬼大人收養後的第一年，戰龍度過了人生中最開心的一年。

只是，某天，自他發現了某件事以後，他忽然開心不起來了。

鬼大人沒有像臭老爸一樣會帶著他一起出席祖祭日，他隻身孤影的獨坐在族人團聚的餐桌旁，小小年紀的戰龍，只覺得內心被一頭名為「慌亂」的野獸抓住了。

戰龍最後溜出了戰族大城，他知道養父偶爾會出現在後山一帶吹山風。只是無論他在後山小路上怎樣來回，卻都沒有找到那令他感覺安心的身影。

戰龍又哭了。

他跟其他孩子不一樣，開心就笑、難過就哭，絲毫不顧旁人耳提面命提醒「男兒有淚不輕彈」的這句話。他喜歡坦蕩蕩的表達自己的情感，從不隱忍自己的喜歡與討厭。

當時的戰龍有個綽號——「鼻涕蟲」。

「小龍，你怎麼在這？」

男人帶著淡淡的擔憂與譴責的話語由林間一側傳了出來。

戰龍這才注意到，原來在那裡有一條被草叢覆蓋的林道，戰天穹此時正從隱密林道的深處走了出來。

「爹為什麼不陪我參加祖祭日？一個人沒人理好寂寞說。」戰龍哭哭啼啼的撲了過去，死死扯著戰天穹的斗篷，邊哭邊將鼻涕眼淚惡意的全抹了上去。

戰天穹雖然眼角直抽，卻沒有制止戰龍這樣表達自己難過的行為。

「我一向不參加祖祭日。我送你回去，下次不准再偷跑出來了。」

「爹陪我、爹陪我嘛！」戰龍與戰天穹相處的這段時間裡，自然也多少猜到了這位養父的習性——標準的吃軟不吃硬。

戰龍硬是用這樣的方法為自己爭取到了許多福利。只是這一次，顯然他這招沒有用了。

「……我沒資格。」戰天穹惆悵低語，隨後卻是對戰龍第一次鐵青了臉色，「好了，快回去，別讓我生氣。」

面對這樣少見發怒的養父，戰龍只得不情不願的回了戰族，獨自一人參加祖祭日。只是他雖然看似大剌剌，但某些地方卻十分的細膩——下一次，一定要偷偷去那條他沒發現的小路盡頭看看那裡有什麼，爹每次去後山，一定都是去那個神秘的地方。

祖祭日結束後，戰龍藉口要出城去山林裡玩，戰天穹簡單的交代要他小心點，便放他出門玩樂了。

戰龍出門以後直奔後山，循著過往的記憶，找到了戰天穹曾經走出的那條隱蔽小道，鑽了進去，一路直奔小路盡頭的石壁。直覺告訴他這裡絕對不是養父的終點，便不停的在石壁和附近尋找可疑的地點。

或許也是命運使然，戰龍誤觸了那只有極少數戰族人才會知道的石壁機關，開啟了通往巨石塚所在的密道。

年輕的戰龍好奇心十足，看見密道出現，他頓時陷入探險秘境的熱情之中。

一路前行，爬上樓梯，戰龍最後來到了一處山谷之中，並且看到了一塊巨石塚……上頭的內容，令他驚訝不已；而上頭的字跡，更是讓他悚然一驚。

「爹的字跡！他是……『凶神霸鬼』？！」

懷抱著震驚的心情繞過巨石塚，戰龍在看到不遠處的白玉碑以後，頓時了然戰天穹在祖祭日那時所言的「我沒資格」是什麼意思。

想起養父總會在傍晚，默默的站在戰族城牆上眺望族人結束一日工作回家享受溫馨時，臉上不經意浮現的寂寞。

養父一直都只有一個人，收養了自己以後，每次當他主動喊養父一聲「爹」時，他總會看見養父眼眸中一閃而逝的滿足；想起了養父在操煩族中事務時，儘管沉重、儘管疲倦，還是勉強自己支持下去的滄桑；他想起了許多許多……

就在看見巨石塚的一瞬間，戰龍忽然明白了，戰天穹為何總是給人一種冷漠冰封的印象，為何他總是疏離他人，為何總是不參與祖祭日等這類重要族事。

……因為他覺得自己沒資格。

戰龍最後繞回了巨石塚，看著上頭刻下的字跡。他生平第一次，升起了想要修煉的衝動。

族人說他的修煉天分百年難得一見，儘管他已經落下了好幾年的修煉時間，但相信只要他努力，一定能夠追回過往失去的時間吧！

當天，戰龍來到了戰天穹眼前，第一次無比慎重的提出了自己的要求。

「爹，教我修煉吧。」

戰天穹微微一愣，卻是關心問道：「怎麼了？發生什麼事情了嗎？」

戰龍堅定的笑了，他大聲的回道：「爹，我找到我的夢想了！往後，我會燃燒我的一切也要去實現我的那份夢想！爹，指導我修煉吧，我知道爹很強的！雖然我晚了很多年才開始，但我會用我的努力與堅持，全力去實現我的夢想！」

我想要讓你重歸祖譜，榮耀你為戰族的付出！

哪怕，這個夢想要實現並不容易，但我會拚盡自己的一切，也要榮耀爹的姓名！

＊　＊　＊

「原來龍以前是這樣的孩子啊，真沒想到。」君兒面帶訝異。

戰天穹感嘆說道：「如果不是他達到星神級以後，向我坦承他幼年時期之所以會忽然某天決定要修煉的原因，否則我根本不知道那孩子竟然知道了巨石塚和罪碑的事情，他就是為了實現我銘刻在巨石塚上的宣言，才會一反過往對修煉的厭惡，決定要開始修煉。那孩子，在某些角度，心思細膩的連我都覺得愕然。」

「唔，我懷疑這點是龍可以追到塔萊妮雅的原因。」

「……有這可能。」

君兒隨後沉默了一會，又問道：「天穹當時難道真的沒有逼戰龍修煉的意思嗎？」

「我看到他就彷彿看到了自己。每當我想要語出強迫，就會忍不住想到過去那個希冀能讓父親注意自己的我。若是我強迫戰龍，往後他是否也會用哀求的眼神請求我不要讓他修煉呢？所以哪怕族人有諸多建議與不滿，我還是順著戰龍的意思任由他自由發展。或許我是將我自己沒能擁有的自由，透過戰龍去實現吧。」戰天穹神情有著自嘲。年幼時期自由自在的戰龍，曾幾何時，是他所嚮往的存在……

「可聽天穹這樣說，你和戰龍小時候不是關係很好嗎？為何我卻聽戰龍說自從他成年禮之後，你卻不再承認自己是他的養父身分，也強逼他將稱呼改成疏離的『鬼先生』？」君兒皺了皺眉，不由得想起戰龍曾經向她傾訴的心事內容。

戰天穹苦澀一笑，卻答：「當時的龍已經很強了，我有預感，他很快就會成為人類世界的知名強者。那樣成功的他，不需要一個沒有姓名、背負著無數罪惡的父親。」

「可戰龍不在乎！」

「但我在乎。」

君兒深深的看了戰天穹一眼，卻是給予一個深刻的擁抱。

「所以你就和你的父親一樣，傷害了那崇拜又仰慕你的孩子。天穹恐怕都沒發現，你一直用你父親傷害你的方式在傷害戰龍；你一開始對待戰龍的態度是正確的，但為何最後又退縮了呢？你以他為榮，他又何嘗不是以你為榮？」

戰天穹啞口無言。

是啊，他那樣的舉止又何嘗不是在傷害戰龍呢？但那孩子從沒有放棄機會喊他一聲「爹」，然後被他冷瞪叱責要求指正。雖然戰龍在被糾正的當下也會面露難受，但很快又恢復了笑容。

戰龍有一顆比他還要更加頑強的心。

「唉……我不是一個好父親。」

「那就去學習吧。人生誰不是第一次？」君兒鼓勵道，眼神溫柔。

「之後我會找個時間和他談談的……君兒，謝謝妳。」

「傻瓜。」

＊＊＊

戰族的另一處客居宅院裡，緋凰、蘭、紫羽和塔萊妮雅四個女人，正聚在一塊談天說地。

蘭一臉好奇的詢問道：「妮雅姐，一直以來都沒有和妳好好聊聊。上一次妳和龍大人結婚，我們收到喜帖都嚇死了──那個看起來一點都不懂得憐香惜玉的粗魯男人，優雅美麗又追求者眾多的妮雅姐怎麼會看上他的啊？」

「……大概是，他和鬼教官有著同樣的寂寞吧。」塔萊妮雅溫柔的笑著，眼眸深邃。

雖然戰龍總是大剌剌的笑著，但在某些時候，他卻會透露出一種言語難以形容的寂寞，好像被誰遺忘在某處的孩子一樣，流露出猶如孩童被父母拋下時的慌張與無助。

因為看過太多的男人，反而會想要找一個真正需要自己、自己也能圓滿對方缺憾的存在。似乎只有這樣，兩個殘缺的靈魂才能成為彼此的完美。

「我可能天生母性氾濫吧，才會對這種男人很是沒轍。無論是我曾經傻傻單戀了十幾年的鬼先生，又或是對他的養子戰龍……我真是傻啊，前後都敗在兩個姓戰的男人手上。」塔萊妮雅臉上有著明顯的窘迫之情。

她雖然在知道戰天穹的真實身分以後對他死了心，但當她終於接受戰龍的感情之後，聽到戰龍與戰天穹真正的關係時，她差點沒因此當場昏迷。

喔，老天，她的男人是她前愛慕對象的養子！

緋凰和紫羽在一旁發出驚嘆，蘭卻忍不住翻了翻白眼。

蘭無奈嘆道：「……妮雅姐，我知道妳很喜歡照顧人，但從沒想過妳有朝一日會因為照顧一個人，到最後竟連對方的整個家族都照顧進去了。那位粗魯的守護神到底是哪點深得妳的心啊……寂寞嗎？老大有說過人會被同類型或極端反面的人吸引，妮雅姐妳是同屬寂寞的一類人，還是有太多愛心想要分享的那種人？」

「我覺得是後者。」緋凰笑了笑，眼神肯定的說道：「就如同妮雅姐以前一直很關照我們一樣，她似乎有無限的愛想要分享給每一個人，總是不吝嗇給予幫助。反正妮雅姐過得幸福就好，既然幸福，就表示她的男人對她很好囉。蘭妳就別擔心了。」

蘭悶悶的「哦」了一聲，跟著問起了別件事：「說到這，妮雅姐到底是怎麼跟龍先生認識的啊？」

「我們其實很早就認識了，只是一開始並沒有經常聯繫，那個時候我好像就已經公開表示我喜歡鬼教官的事情了。而戰龍也有幾次短暫擔當學院教官的經歷，那些時期多少有一些交流互動，但並不頻繁。」

跟別人分享自己與戰龍相遇的過程，塔萊妮雅有些不好意思。但看著眼前幾個女孩好奇萬分的眼，她只好硬著頭皮繼續說了下去。

「戰龍不在學院的時候我們幾乎沒有交流，但如果他回來學院任教，基本上跟他都相處的很愉快。他是個能讓人與之輕鬆談話的人，雖然有點粗魯直接，但與真性情的人相處妳不用擔心會不會被人背後捅一刀。當時我對戰龍的印象是可以卸下假面具真誠以待的人。」

「我們的關係真正發生變化是從龍滅戰爭結束以後，九天醉媚內部陷入混亂，我因為掌握著許多秘密，所以淪為組織追殺的目標……」

聞言，緋凰不由得驚呼出聲，一臉擔心的問道：「我怎麼不知道這件事？！妮雅姐當時怎麼沒有向我們求助？我一直以為妮雅姐早就平安脫離組織了，卻沒想到中間有這麼一段被追殺的過程……」

塔萊妮雅淺淺一笑，神情有著不願旁人為自己擔憂的成熟。

「緋凰妳們那時候也才加入星盜團不久，一切都還沒穩定下來；再加上組織內部真的太混亂了，失去蘇媚的鎮壓，底下長年被逼壓或者是有朋友親人被抓去做魔女人體實驗的成員，開始集體反抗——就連失去一身力量的蘇媚，最後都慘死在那些人手下，更何況是我一個人際不如其他長官多，過去又被蘇媚委以重任的文職人員呢？當時我已經做好了自盡的準備。因為我知道的秘密，有些一旦公布出去，或許對九天醉媚傷害不大，卻會造成世界各大局勢的動盪不安。」

「那時，我忽然收到了戰龍的訊息。這個男人很有心機，當時他沒有直接提供我協助，而是詢問我需不需要幫忙。」塔萊妮雅臉色有點複雜。

「……呃，有人可以解釋一下這有什麼差別嗎？」蘭無奈的舉手發問。

緋凰輕笑了聲，她知道蘭一向不懂這種帶有心理學暗示的問題，便代替塔萊妮雅解釋：「直接幫助會給人一種『高高在上』的感覺，雖然當時的妮雅姐確實需要幫助，但不被詢問就得到幫助會讓人下意識的覺得自己比對方低一階；而詢問是否需要幫助，最簡單的說法就是『雪中送炭』，在留給對方尊嚴與敬重的同時，也能無形間拉近彼此的關係。」

「緋凰說得沒錯。」塔萊妮雅笑著接過了話題：「當時的戰龍令我很有好感。在我接受他的提議以後，他雷厲風行的幫助我解決了很多問題，讓我在極短的時間內脫離了惡夢。接著又安排我前往白金大人身旁工作，幫助白金大人重新改革滄瀾學院以及之後的新科技發表，我才得以安然脫離組織。」

「那段時間，戰龍經常會前去尋找白金大人尋求修煉上的指點，我和他的互動也不知不覺多了起來。不知道從哪時候開始，我忽然好奇起了他這個人，雖然不曉得這是否是他刻意引導的行為。」

「而在與他談話時，若是我提到一些敏感話題，比如他的家人或者是失蹤的鬼大人，哪怕他笑著，卻給我一種他因為這樣的話題而感到茫然無助的感受。越去了解，我開始發現這個總是爽朗笑著的男人，其實內心有一角非常的寂寞……究竟是什麼，讓那個天塌下來也不能讓他失去笑容的男人，有著如此深刻的寂寞？」塔萊妮雅窘迫的掩臉低語：「然後我就如走火入魔似的一頭栽進去了。」

「……嗯，事實證明了，好奇心是驅使女人去愛上一個男人的其中一個關鍵。」蘭很認真的下了結論。

塔萊妮雅臉色一糗。只是，她隨後泛起了心疼之情。

「他開始追求我，而就在我終於接受他以後，他才向我坦承鬼大人就是他養父的事實。聽說當時的戰族知道此事的人不超過二十位，當時我真的嚇著了。不過也因此，我才明白原來他內心的缺口來自於鬼大人、他最敬愛卻不承認彼此關係的養父……」

「哪怕他用著笑容講述他年幼時和鬼大人相處的過程，我卻彷彿看到一個失去父愛的男孩用微笑掩飾內心的悲傷——因為他不想讓鬼大人擔心自己，所以將自己的難過隱藏了起來。」

「越接近，我越是被他開朗與寂寞這兩個反面的狀態深深吸引，然後就傻傻的同意了他的求婚……嗯……好吧，我承認當時我某次和他小酌片刻，被他灌醉，他趁機使了心機讓我答應了他的求婚就是了。」

緋凰的表情有著愕然，「我實在不能相信那個大刺刺又一根筋的龍先生會使心機。」

「這就是他可怕的一點。很多時候他是很粗心沒錯，但他同樣也有著細膩的地方，這一點也是他吸引我的地方。」

塔萊妮雅說著說著，眼神不由得迷濛了起來。和戰龍結婚也有許久時間了，這段時間她陪伴

著他經歷戰天穹失蹤的歲月，看著他抓了狂、拚了命的想要達成巨石塚上的宣言；看著他以命相搏、看著他用笑容掩飾痛楚。

那情，竟是越發深濃。

或許感情是需要一起經過共同的痛楚與磨難，才能漸漸滋長與茁壯。

鬼大人回來以後，這一次也終於榮歸祖譜了。這一對父子，或許終於能夠打破千年以來的僵硬關係了吧？

＊＊＊

戰天穹面色鐵青的站在白玉平台上，白玉碑本該存在的地方此時卻是空無一物；戰龍眼神飄忽，卻是不發一語的默默站在戰天穹身後，一副做壞事被逮個正著的羞糗模樣。

良久後，戰天穹眼神一陣閃爍，最後還是輕嘆了聲，說道：「毀了也罷。」或許這樣也好。那些都過去了，他得學著放下。

戰龍惴惴不安的等在後方，卻是久久未等到戰天穹的處罰，不由得問道：「爹，你不處罰我？」

戰天穹聞言，驀然回首，冷眼以對。

「爹，你不開心的話，就揍我兩拳好了，別悶不吭聲的，挺嚇人的啊……」

戰龍尷尬的不敢看向戰天穹。只是他隨後卻聽見了一句令他有些訝異的問話，讓他驚訝的抬起頭來。

「小龍，你這段時間，過得快樂嗎？」

「啥？我很快樂啊，一直都很快樂。怎麼了嗎？」戰龍不解的撓撓頭，不懂戰天穹何來此問。

「你以前是個不喜歡修煉的孩子，為了達成我刻寫在巨石塚上的宣言，你逼自己去修煉……這樣你真的開心嗎？」戰天穹神情複雜的看著一臉傻愣的養子。

他最怕戰龍勉強自己去修煉，而忽略了自己內在的快樂。他不希望自己為求解脫寫下的宣言，成了戰龍不快樂的由來。

「我很快樂。」戰龍斬釘截鐵的回道：「每當我又提升了一步，我就可以看見爹你眼中的欣慰神情，那是我能夠繼續努力下去的動力。我想要替你做些什麼，而自從巨石塚上的宣言成為我的夢想以後，我在每一次修煉時，只要一想到我能夠將爹你的姓名寫回祖譜，我的內心就會充滿力量，並且深刻的愛上修煉這回事。」

「爹不用擔心我是否委屈了自己，我可以告訴你——我很快樂！因為修煉是我唯一實現夢想的道路，所以我很喜歡修煉。」

戰龍隨後目光閃了閃，卻是面露一絲罕見的猶豫，他掙扎了許久，才表露了脆弱沉痛。

「只是，爹，為什麼你後來會忽然疏遠我？明明看見我的成長你是欣喜的，為何後來卻警告我從此不准喊你『爹』，而要改稱你『鬼先生』？是我做錯了什麼？還是我做得不夠好讓你失望了？」

聽著戰龍的發言，戰天穹輕輕一嘆：「因為，我知道不久之後你就會成為戰族的一顆新星，而我只是身處黑暗的惡鬼，我沒那個資格以父親的身分享受你的成功……我很抱歉，跟君兒聊過以後，她告訴我，我正在用我父親對待我的方式傷害你。小龍一定對我這個父親很失望吧？」

「我難過，但我並不失望。」戰龍低垂眼眸，「我難過於自己的無能，沒辦法讓爹盡快回歸祖譜，讓你能夠明白自己是戰族裡最有資格享受我成功的人；我不失望，因為我知道只要我繼續努力，爹你總會有再一次允許我這樣稱呼你的一天。」

不知怎的，戰龍忽然酸楚了鼻頭，因為戰天穹那雙平靜的眼，一如當年收養他時似海一樣的包容。只是這一次，卻帶上了幾分自豪，哪怕那種情感並不清晰，卻是貨真價實的為他而自豪著呢。

他要的，僅僅只是父親的認同與回首而已。

「爹，對不起，都是我太沒用了，拖了那麼多年才讓你回歸祖譜，你一定很自責、很寂寞、很痛苦的吧？把你的罪碑打壞是我一時衝動，也是希望你不要再被那些名字束縛……如果你還有所埋怨就打我好了，我寧願你打我，也不要你像以前那樣不理我了。我、我不喜歡那樣……我還是喜歡那個跟在爹身旁，扯著你的斗篷玩，要你教我修煉的那個時候。」

「爹，請不要不理我了……」戰龍紅了鼻頭，卻是哭了。

戰龍很久沒哭了。自從戰天穹拒絕他那一聲親密的「爹」以後，戰龍曾為此大哭一場，之後他就不再落淚了，不像過去那個坦蕩自然從不掩飾心情的戰龍，而是學會了隱忍悲傷。

因為，他不想讓戰天穹擔心自己，所以他要堅強的微笑，讓爹知道他很勇敢。

達成巨石塚上的宣言，戰龍無疑放下心口的一塊大石，但那深藏內心千年的傷痛卻是浮現了出來。

看著戰龍像個孩子一樣哭了，戰天穹忍不住想起過去那個總愛賴著他撒嬌，絲毫沒有因為他的冰冷而有所退卻的孩子。知道自己真的傷害了對方，也讓他不由得鼻酸。

「我很抱歉。」戰天穹緩步走向戰龍，像過去一樣抬手輕輕拍撫戰龍的腦袋。戰龍早就長得比他還高了，這讓他必須高高抬手才能拍到戰龍的頭。

「以後不會不理你了。往後，我會去學著如何做一位好父親的。」

戰龍抱著戰天穹痛哭失聲。

許久之後，長長的擤鼻涕聲在戰天穹肩上響起，直令他倍感無言。

「龍，你這亂擤鼻涕的壞習慣怎麼還是沒改？」

「嗚嗚，我要在爹身上留下愛的記號……」戰龍滿意的扯來戰天穹的斗篷，開心的擦著眼淚，說道：「這樣大家都知道鬼大人是鼻涕蟲戰龍最愛的爹了。」

「……難道這就是你一直用我衣服擤鼻涕的原因？」戰天穹不由得額冒青筋。

「嘿嘿，對啊。爹、愛你哦。」戰龍終於滿足的笑了。

戰天穹撫額嘆息道：「這句話你留著對塔萊妮雅說吧，外人聽到可是會誤會的。」

「有什麼好誤會的？父子相親相愛是天性，有什麼不對！」戰龍坦蕩蕩的回道。「我愛爹，爹也愛我，這可是親情的愛哦！放心，我不會跟君兒媽爭寵的，我還指望她替爹生個小弟弟或小妹妹給我玩呢。我可是嚮往兄友弟恭好久了。」

提到這，戰龍不禁衝著戰天穹曖昧擠眼，「爹，加油啊！我知道星神級要讓女子懷孕的機率可是低到一個破表，但是呢，只要積年累月的努力辦事，總有一天會中獎的。對了，話說回來，爹你那麼久沒用了，那方面的情況還好吧？需不需要我幫你弄些什麼進補的藥酒，好讓你補補身子？」

戰天穹笑了，殘忍的笑了。「龍，我好像很久沒有操練過你了吧？」

戰龍卻因為戰天穹的反應而為之一驚，「爹，莫非你惱羞成怒了？你該不會真的不行了吧？」

戰天穹暴吼出聲：「如果我不行君兒也不會休養了那麼多天還下不了床……咳咳。」像是察覺到什麼，他臉色一紅，隨後鐵青著一張臉轉移了話題：「正好今天有空，乾脆來檢視你的成長情況好了。不曉得你提升到星神級以後，抗打擊能力有沒有增長一些？」

看著戰天穹臉上的煞氣，戰龍弱弱的退了兩步。「爹，如果我說錯話的話我向你道歉……還有，你好凶殘啊，君兒媽體質也練得挺好的，還被你欺負得好幾天下不了床，好可憐。」

戰天穹臉色一糗，隨後變得更加猙獰。「剛剛是誰說寧願我揍你也不要不理你的？」

「不要啊爹我錯了——！」

今天的戰族依然和平。

Chapter 12

卡爾斯：一酒一茶，一世友人

卡爾斯一個人在一處涼亭裡斟酒獨飲。

戰族的祖祭日結束後也有四、五天了，卡爾斯依然沒有離開，帶著自己一群手下在戰族領地休閒，全當是外出旅遊了。反正機會難得，緋凰她們也想要和君兒多聚一聚，他便乾脆延長了滯留的時間。

戰天穹不久後也來到這處涼亭。

「來一杯？」卡爾斯問道，同時晃了晃自己手中的酒瓶。

「你知道我不喝酒的。」戰天穹沒理會卡爾斯，他自己有準備茶來泡。

卡爾斯輕笑了兩聲，倒也不勉強戰天穹。

戰天穹自婚禮後便跟君兒窩在房裡甜蜜了幾日，今天終於肯放君兒和緋凰等人會面，自己則赴卡爾斯的邀約。

兩人沒有言語，一個飲酒，一個喝茶，氣氛和諧。

「……總覺得你變了好多。」卡爾斯看著戰天穹不同以往的恬淡氣度，眼帶笑意。「我以前從沒見你這麼輕鬆過。這樣的你給人的感覺舒服多了，不像以前總是壓迫感十足。」

戰天穹淺淺一笑。他的確改變了許多，這都多虧了君兒……

想起自己的新婚妻子，戰天穹的眼神不由得放柔了幾分。

「說起來，卡爾斯你也變了不少；我想唯一沒有改變的，就是你那張娃娃臉吧。」

卡爾斯忍不住大翻白眼，他摸了摸自己未曾改變的娃娃臉，面色無奈。「這張臉我也沒辦法。不過這樣有個好處，那就是哪怕多久沒見，你也絕對不會認錯人。」他很快就調整了心情，不忘自我解嘲。

「就跟以前一樣。」

卡爾斯看著酒杯中倒映出的容貌，不由得想起了昔日，他和戰天穹第一次見面的那時。

＊＊＊

「又是你。」

赤髮男子神情冷酷，他望著眼前的金髮娃娃臉男子，劍眉緊鎖。

在他身旁，躺倒一地生死不明的、重傷的星盜。

戰天穹難得一次沒有透過瞬間移動，而是選用遠航運輸艦的方式前往滄瀾學院，卻沒想到他前後兩次搭乘的遠航運輸艦，都遭到了同一夥星盜團的劫掠襲擊。

……他只是想要偷個閒，為自己挪出一些空間喘息一下而已，為什麼總會出事？

卡爾斯也是一臉愕然。

他上一次同樣在這名赤髮男子手下吃了大虧，那可以說是他成名以後，第一次在一個人身上嚐到失敗的滋味。從上一次的經驗看來，眼前這名赤髮男子絕對擁有星域級以上的可怕實力！但卻不是目前人類世界中聞名的強者，顯然是一位隱瞞實力的狠角色。

沒想到他運氣這麼好，竟然又碰上對方？

卡爾斯可以預見這一次的打劫註定要失敗了。這讓他的臉色有些無奈。

「這句話應該是我要說的才對吧？」卡爾斯一嘆，一臉頭疼。「怎麼先後兩次都會遇到你？看樣子這次到口的肥羊只能放棄了。」

「不過……」卡爾斯隨後眼睛一轉，神情浮現幾分火熱的戰意，他開始把玩手中染毒的匕首，藉此掩飾自己內心的激動。「你很強，陪我打一場，現在我可比上一次進步多了！」

語畢，卡爾斯一個箭步衝了上去！

墨綠的匕首如同一道綠雷，速度極快的朝戰天穹攻了過去。

然而，戰天穹只是輕輕淺淺的看了卡爾斯的招式一眼，沒有多餘的花招，赤手空拳的一把緊握住卡爾斯的匕首，另一手握拳出擊。

戰天穹展現出來的輕鬆讓卡爾斯不敢大意，他果斷的放棄被戰天穹奪去的匕首，閃身避開他的攻擊。

就在卡爾斯迴避的瞬間，他忽然展顏一笑，碧綠色的領域轉瞬出現，瞬間就將兩人一同帶入自己的劇毒領域之中。

然而那對尋常人危險至極的劇毒領域，卻對戰天穹沒有絲毫作用。

「毒對我沒用。」戰天穹面無表情，臉上只有平靜與冷漠。

卡爾斯自然也知道這件事，在上一次跟這名赤髮男子交手時他就已經知道，對方並不畏懼他的毒素，甚至還能夠免疫和抵抗。

這多少挑起了卡爾斯的好奇心。

「你是誰？」卡爾斯忍不住問道。他的直覺告訴他，對方跟他是同一類的人！

戰天穹沒有回答，只是沉默的出拳破解了卡爾斯的領域。

卡爾斯很清楚，能夠免疫他這等劇毒的人在這個世界只有兩種——擁有百毒不侵體質的人，

又或者是身懷毒素甚至是詛咒的人。

眼前的赤髮男子，會是哪一種呢?卡爾斯猜是後者。

比對過往他熟知的資料，赤髮、可能擁有劇毒或詛咒、實力強大，他大膽猜測，眼前這名赤髮男子恐怕是……

「凶神霸鬼?」

這個世人畏懼的稱號一出，本來面無表情的赤髮男子神情一冷。

「你認錯人了。」戰天穹冷聲發言，同時掉頭就走。

卡爾斯爽朗的笑了。

「我猜對了?真是意外，沒想到我前後兩次遇到能夠免疫我毒素的人，竟然會是那個鼎鼎大名的存在。」

對方猜出自己的身分令戰天穹心驚，但他卻不想承認。對方的敏銳觀察讓他覺得不安——他不喜歡這種被看穿的感覺。

雖然直接殺死對方能夠結束一切，但他平時也不是弒殺之人，唯一能做的，就是否決到底。

其他星盜終於趕到了卡爾斯所在的區域，自然也看到了那位背對卡爾斯離去的赤髮男子，不由得為之一愣。

「老大？」

手下眼帶戒備的看向那背對著他們離去的男子，不解為何卡爾斯放過了對方。

卡爾斯隨意的擺了擺手，沒打算解釋，反而下達了新的命令：「傳令下去，中止這次的行動。不要傷害無辜的人，把這裡受傷的人全部帶回戰艦裡。老大我有事要忙，等會再去跟你們會合。」

說完，他便追向了戰天穹。

看著這一幕，星盜們面面相覷，卻還是盡忠職守的執行了卡爾斯的命令。

卡爾斯是個瘋狂又大膽的人，要不然也不會在星盜團中闖出一番名聲來。這可是認識那位「凶神霸鬼」的大好時機，他怎能放過？比起尋常人的畏懼，卡爾斯更佩服對方的強悍與沉默守護。

星盜總是崇拜強者，反而不會去顧忌對方的身分。

戰天穹走得很快，卻沒能甩開他後面那個笑盈盈的金髮娃娃臉男子。

「……你要跟到哪時候？」戰天穹眼神染上了冷意。

「欸，怎麼稱呼？」卡爾斯一來便直接發問。不過，還不等戰天穹答話，他就自顧自的說了下去：「這樣好了，我就稱呼你『霸鬼』，如何？」

戰天穹臉色一沉，警告出聲：「我說過了，我不是你猜想的那個人。不要惹我。」

「你為什麼沒有殺死我的手下？」卡爾斯追問道。傳言「凶神霸鬼」殘酷暴力，但自己前後兩次遭遇他，都沒見到有誰在他手中死去，唯獨一些行徑惡劣的匪徒撞在他手上，會倒楣的成為他的手下亡魂而已。

戰天穹淡淡的回道：「你也同樣沒有殺害那些無辜乘客不是嗎？如果你只是想問這件事的話，你已經得到解答了，請你離開。」

「在那之前，能請你把我的武器還給我嗎？」卡爾斯只是笑著，同時望著戰天穹掌中緊握著的、那屬於自己的染毒匕首。

戰天穹這才注意到，自己在奪過對方的匕首之後，因為聽對方提起了自己的稱號而下意識的握拳，沒有將匕首扔掉。

此時那把精鋼鍛造的匕首，不知何時竟已被捏成了破銅爛鐵。

「那我叫你『阿鬼』好了。」卡爾斯自來熟的決定了對戰天穹的稱呼，然後繼續說道：「你弄壞了我的武器，是不是該賠我一頓酒啊？」

戰天穹愣住了。他顯然沒料到有人在猜到他的身分以後，還敢跟他要求請客？這個男人是瘋了嗎？

卡爾斯其實心裡也有著緊張，他擔心自己的不請自來會惹怒這位凶名在外的「凶神霸鬼」，但從對方沒有殺死他，而是不停否認自己的身分時，卡爾斯多少猜得出來，看樣子「凶神霸鬼」並無外界傳言的那樣怪戾，頂多就是孤僻了些。

不知為何，面對那身懷詛咒的「凶神霸鬼」，他有種他們可以成為好朋友的直覺感受。就如他一直沒辦法找一個人安心的陪自己喝酒一樣，想必對方也一樣吧……

戰天穹沉默了許久，卻是甩出了被自己捏毀的武器。

「如果還有第三次的話。」他沒有將話講明，只是留給了卡爾斯一份戰族最好的武器鍛造商私人的聯繫資料。「你的武器，直接找他負責，費用我出。」

沒有多餘的解釋，戰天穹隨即轉身離開。

卡爾斯望著他的背影，若有所思。他看著手上戰天穹留下的戰族鍛造商資料，或許戰天穹只是一次無心之舉，卻無形間讓卡爾斯肯定了他的身分。

有傳言「凶神霸鬼」可能是戰族人，儘管戰族一直以來不否認也不承認，但這個家族卻是當世人聲討「凶神霸鬼」時，極少數不會參與那樣事件的家族。

其中態度，尤以見得。

「戰族嗎……？」

卡爾斯在結束了這場沒有收穫的搶劫行動以後，立刻聯繫上了戰天穹留下資料的那位武器鍛造商。

「你好，請問哪位？為什麼你會有我的私人聯繫方式？」對方的語氣有著困惑。

卡爾斯為了避免被對方發現自己的身分，所以沒有使用畫面投映，而是選用了單純的語音通訊。

「有一個叫阿鬼的人弄壞了我的武器，要我直接聯繫你，他會負責一切費用。」因為不知道戰天穹的真名，他只好嘗試著這樣稱呼對方。

鍛造商愣了一愣，這才問道：「是我族的『鬼大人』嗎？」

「我不知道是不是，不過我叫他阿鬼就是了。」

「我知道了。請問尊姓大名？」

「卡爾斯。」

卡爾斯沒隱瞞自己的姓名，反正新界和自己同名的人比比皆是。倒是這位鍛造商在提起「鬼大人」一名時，語氣中不經意帶上的尊敬與慎重，讓卡爾斯多留了一份心眼。

看樣子，雖然「凶神霸鬼」未曾公開過自己的身分，但在戰族中似乎也有一定名聲。

戰族的鍛造商人在詳細詢問了卡爾斯對武器的要求細節以後，便敲定了這筆生意。他絲毫沒有懷疑卡爾斯的來歷，顯然是對「鬼大人」一名抱持著極大的信任。

「第三次嗎？」

卡爾斯已經和那位「凶神霸鬼」巧遇兩次了，這真的只是巧合嗎？

要知道，新界那麼大，每天都有航向各處的運輸艦來往，為什麼他前後兩次隨機選擇作為打劫對象的運輸艦，都是對方恰巧搭乘的航班？

這緣分，未免也太過玄妙。

「如果你真的請我喝酒，我就當你是我一生的朋友。」

卡爾斯口出狂言，卻是真心如此。

他太需要一個朋友了，一位跟他同病相憐，擁有同樣的話題、同樣的遭遇與心情的朋友……

不久後，卡爾斯接到鍛造商的來訊，詢問他要親自前來戰族取件，還是使用快遞郵寄。

卡爾斯決定要親自前往戰族，只是卻遭到手下們的阻攔，畢竟他的身分擺在那，難保有心人士會在戰族狙擊他。

「囉嗦！我記得之前不是搶到一個能夠略微改變容貌的符文道具嗎？用那個就好了，不會有誰認得出是我。」

卡爾斯強勢發言，讓手下莫可奈何的取出了那個符文道具。

果然，卡爾斯在使用了符文道具以後，本來無害的娃娃臉變得更加無害了。只要他收斂氣勢，面露爽朗笑容，再搭上使用符文道具後略微變更些許的容貌，不會有人認得出他就是那位以娃娃臉出名的冥王星盜卡爾斯。

卡爾斯摸了摸自己的臉龐，雖然他曾希望符文道具能夠將他的容貌變得成熟一些，不過很顯然的，這種符文道具僅能略微調整眉眼之間的狀態與特色，無法將整個人改容換面。

「算了，這樣也好。」

不曉得這一次前往戰族，是否會遇見那位「凶神霸鬼」呢？

卡爾斯褪下了英挺的軍裝，換上了一襲年輕男子的休閒服裝，出發了。

難得這樣輕裝出行，卡爾斯很放鬆的享受這樣久違的一人旅程。

而當他來到戰族以後，他沒有刻意去尋找那位神秘的「凶神霸鬼」。他邊欣賞戰族的設計、邊享受戰族風光，自然不忘去酒館嚐了嚐戰族人自釀的好酒，同時打聽「鬼大人」的身分。

「鬼大人啊，那是我們戰族僅次於龍帝大人的第二位身分尊貴的大人喔！鬼大人沉默寡言，但是卻從不吝嗇指點後輩，他在修煉上的無私指導，獲得許多族人崇拜尊敬呢。雖然他不常與族人親近，但族中沒有誰不認識他的。」

戰族人在講述鬼大人的事蹟時，臉上有著的只有誠摯的崇拜與感激。

卡爾斯只是默默的聽著。

最後，卡爾斯來到了戰族的鍛造鋪，在報上了自己的姓名以後，如願取得了一對比過去武器還要更加精美鋒利的匕首。戰族人的手藝令他十分滿意。

「對了，你們戰族的鬼大人在族裡嗎？」

卡爾斯不相信命運也不相信什麼緣分，他既然來了，不討一頓酒是不會善罷干休的——當然，前提是對方要在戰族，不然他也莫可奈何。

「凶神霸鬼」說過，如果他們第三次見面，他就請他喝酒。

他才不會傻乎乎的等待那縹緲虛無的第三次見面，主動出擊不是更快嗎？

鍛造商答道：「這我不太確定，鬼大人偶爾會前往滄瀾學院任教，偶爾會回來族裡，但行程很不一定。如果卡爾斯先生想要拜訪鬼大人，最好去主宅問問看。」

巧合的是，戰天穹不久前才回到戰族處理族中事務。

他的辦公室房門傳來敲擊聲，族人的話語自門外傳了進來：「鬼大人，有一位自稱是您熟人的人來拜訪。」

「誰？」戰天穹停下手邊工作，他可不認為他有哪一位熟人會自動上門來拜訪。

「呃，對方說，您欠他一頓酒。對方模樣很陽光，是個有著娃娃臉的年輕男人。」

辦公室內良久沒有回應，讓等在外頭的族人有些焦慮。

「鬼大人，如果不是您的熟人，那我是否需要向護衛提醒驅離此人？」

戰天穹說不清楚現在是什麼樣的感覺。有驚訝、有愕然，還有一些淡淡的好笑與玩味。

「娃娃臉」，是那位有過兩面之緣的冥王星盜嗎？

他就這樣直接闖來戰族，就要和他討前次見面的那頓酒？

真不曉得該說他勇敢，還是不自量力。

戰天穹罕見的揚起了一抹哭笑不得的笑意。他聽族人這樣說，這才收斂了心情，回道：「不用了。」

他略微整理了桌上堆滿的公文，起身離開座位，推開房門，要親自與那位不請自來的「客人」會面。

這是生平第一次，有人在猜到他的身分以後，還毫不畏懼的上門討酒。面對對方的勇氣，戰天穹難得放下了冷漠，決定親會對方。

當戰天穹站在卡爾斯面前時，儘管對方的容貌因為符文道具而略微有了變化，但那樣爽朗的笑容卻還是讓他一眼就認出了對方。

「第三次巧遇。」卡爾斯一個攤手，笑容狡詐，「說好要請我喝酒的，你應該不會出爾反爾吧？」

明知卡爾斯是在強詞奪理，但戰天穹的確拿他沒辦法。

戰天穹淡淡的問道：「你就不怕？」

他沒有言明，但卡爾斯卻聽得出他的語中深意。

「凶神霸鬼」擁有噬魂詛咒一事人人皆知，卡爾斯自然也不例外。只是面對對方這樣的問話，卡爾斯坦然一笑，一臉不以為然。他目光炯炯的看著戰天穹，坦承說道：「我有毒，和你只是半斤八兩而已。再加上我需要一個能和我暢快飲酒，不會因為我的毛病而膽顫心驚的人。我想，你或許也跟我一樣。」

卡爾斯絲毫沒有隱瞞自己的想法，直白的發言讓戰天穹沉默了。

「我不喝酒。」良久後，戰天穹終於有了回應，「但我喝茶。」

「我要去你們戰族最有名的那間酒館，之前去嚐過，滋味真的不錯。」卡爾斯豪氣發言，有便宜不占非君子，而且這次可是「凶神霸鬼」付帳，他自然要大喝特喝！

一旁的戰族人只覺得這位娃娃臉客人還真是不客氣；但戰天穹卻因為卡爾斯這樣坦蕩自在的態度，感覺有些好笑與有趣。

許久沒有人用這種態度面對他了，這讓他有些懷念。

就在戰族人暗自猜測鬼大人會拒絕娃娃臉男子時，戰天穹卻是語出驚人的答應對方了！

「好，我請你喝酒。」
「那我請你喝茶。」
兩人頗有默契的相視一笑。
相同類型的人之間有種無法解釋的共鳴感受。只要感覺對了，三言兩語就能說進對方心底，引起對方的共鳴。
這是戰天穹自從犯錯以來，第一次能夠在面對某人時，放下嚴肅，享受輕鬆自在的氣氛。

＊＊＊

「來，乾杯。」
結束了回想，卡爾斯高舉起了手中的酒杯，作勢就要和戰天穹碰杯。
「大家一直在等你們回來，現在你也和君兒如願結婚了，大家心裡都放下了一份牽掛。你能走出過去的陰霾，我很高興。」
「抱歉，讓大家擔心了。」戰天穹歉意一笑，也是舉杯與卡爾斯的酒杯輕碰。

清脆的碰撞聲傳出，兩人不約而同輕笑出聲。

一杯酒，一杯茶，一世友情。

或許有時候，朋友就是這麼簡單的一件事。

Chapter 13

靈風：風之所向即心之所向

回歸新界以後，靈風私下找了個時間回到「永夜之境」。

此處在龍滅戰爭結束以後，便被巫賢利用符文技巧再一次封鎖了起來，只剩下精靈族人能夠來往出入。但那些滯留在新界的精靈族人，也很少會回來。

靈風回到久違卻已然陌生的家鄉，神情有些惆悵。

他來到母樹曾經生長的地方，因為時間漫漫，該處已經成了一處長滿植被的深坑。

一顆如綠寶石般的果實靜靜躺在靈風的手中。

這是昔日，戰天穹在前往神眷一族救援君兒靈魂時，那株死去的精靈母樹留下來的母樹果實。幾番輾轉，最後這顆果實回到了靈風手中，只是礙於當時戰事緊繃，爾後他也跟著戰天穹和君兒被捲入黑洞，直到百年後的今日，他才有時間重歸此地。

靈風利用符文技巧將深坑略做清理，然後小心的將果實埋進了坑中。

或許百千年之後，這裡將會重新生養出一株新的精靈母樹，庇護這個行星上殘存的精靈一族吧。

他又接著施展了精靈王才能掌握的母樹法術，為這顆小小的母樹果實牽引來足夠的星力，並且設下防護，使之能夠安穩生長而不會受到其他居於此地魔獸的騷擾。

做完這些事情以後，靈風循著記憶，試圖在化作一片林海的螢光叢林中，尋找過去自己熟悉的痕跡。然而，永夜一族在遷移那時，依循著尊重自然的態度，將一切他們的痕跡全部都抹去了，此時的「永夜之境」是一片全新且陌生的環境，讓靈風有些寂寞。

只是，總還是有一些地方沒有變化。

在以前永夜一族的村莊後方，有一處生長著螢藍色光輝的矮叢。從前，他總是在這裡和動物們玩鬧，偶爾也會邀請靜刃一起來這裡休息玩耍。

恍惚間，他似乎看見了靜刃的身影。

「哥哥……」

此時的靈風，已經能夠坦然面對靜刃已逝的事實。只是每每想起，心還是會忍不住微微泛疼。有些遺憾、有些難受、有些感慨與茫然。

不過自從他被黑洞甩至異界以後，聯想到了巫賢曾經解釋過的平行次元一事，讓他內心忍不住會想：會不會在其他的平行次元裡，還有另一位靜刃的存在？其他世界的靜刃身邊，是不是也有一位跟他一樣總是讓人操心的弟弟，讓靜刃整天擔憂著？

靈風邊思考著那樣的可能性，邊慵懶的躺到草皮上，雙手枕在腦後，仰望著樹木散著螢光的樹梢處，逕自沉默。

蟲鳴陣陣、鳥雀輕啼，昏暗的環境與不刺眼的微光，這是靈風再熟悉不過的環境，讓他不知不覺得放鬆了心情，沉入夢鄉……

＊＊＊

「……風、靈風。」

稚嫩卻又沉穩的聲音傳了過來，帶上了幾分無奈。

「別睡了。長老們正因為找不到你而緊張得不得了呢。」

靈風睜開睡眼惺忪的眼，第一眼便看見了一名年約五、六歲，神情成熟穩重的男孩。男孩有著和他同樣的黑髮、尖耳，以及相差無幾的容貌。

靈風先是狐疑，隨後有些激動，只是最後卻有些不明所以。

「靜刃，我好像做了一個很長的夢。夢裡，你死掉了，母樹和族人搬去一個很遠的地方，我好難過、好傷心。奇怪，我什麼時候睡著的我都不知道？」靈風揉了揉睡眼惺忪的眼睛，隨後被男孩模樣的靜刃拉了起來。

靈風依稀記得那場「夢」帶給他的傷心感受，讓他在被喚醒後忍不住又紅了眼眶。

「我夢見靜刃好像為了什麼事，永遠的消失了，雖然你笑得很開心，好像實現了什麼願望一樣，但我還是很難過。」

靜刃深深的看著他，不發一語。

「靜刃，你會不見嗎？我們是雙生兄弟，你絕對不會丟下我的，對吧？」靈風焦急的想從兄長口中聽到一個能令他安心的回答。

「我們是靈魂兄弟，我們的靈魂永遠不會分開；就算分開了，我們的靈魂一定也會記得彼此，並且指引我們重新相逢的。」靜刃認真且慎重的望著他，並且像個大人一樣，成熟的拍拍他的頭，安慰道：「別想太多，那只是夢而已。」

是啊，只是夢而已。

靈風感覺著那撫在自己腦袋上的溫度，這才笑了。

「嗯，那只是夢而已！」

「起床了就去找長老吧，大長老很擔心你呢。如果不是我知道你有在這裡睡午覺的習慣，怕

是沒有人找得到你了。」靜刃無奈一笑，「你也太會躲了。」

「把頭髮整理一下吧，總是這樣亂糟糟的，成何體統？」靜刃想抬手幫靈風理順凌亂的瀏海，靈風則反應敏捷的摀住了自己的瀏海，連退幾步。

「這樣很好啊，我喜歡頭髮遮住眼睛的感覺。這樣才不會看見別人心裡在想什麼。」靈風呢喃道。

他從一出生就擁有能夠看見別人「思維」的眼睛，只要他和人對上眼，他就能夠毫無滯礙的聽見別人心底的真實聲音。有時候，他甚至還能看見別人的靈魂生得什麼模樣。

然而，這並不是好事。沒有人喜歡被人知道自己內心的想法，所以靈風寧願不要去看，他光是透過星力和精神力，就能完整的看見這個世界，肉眼對他來說反而意義不大。

靜刃輕輕一嘆，沒有再強求他。

「擁有『心靈之眼』的你，這樣究竟是好還是壞呢？」這點連靜刃也捉摸不清了。

「唉唷，靜刃，反正不去看就好了，只要你不要強迫我把頭髮弄整齊就好，這樣亂亂的我才有安全感。對了，靜刃怎麼會有空出來找我？你這個時候不是都在忙公事嗎？」靈風見靜刃放下了要替他整理瀏海的打算，這才笑盈盈的又湊回了自己兄長身邊。

「既然靜刃都跑出來找我了，那就別回去了，跟我去玩！」

他直接扯住靜刃的衣袍，不停重複著「陪我去玩」一詞，鬧得靜刃滿臉無奈。

以往靜刃總會拒絕，若是他還堅持，便會遭到斥責；只是這一次，靜刃卻一反常態的沒有拒絕他。

「好，只有這次。」

靈風欣喜不已，「真的?!太好了，今天靜刃終於可以陪我玩了！」靜刃終於有一次願意放下公事，來陪他了！

雖然兩人同樣都是精靈王，但靜刃一直是個很負責任的人，從來不會捨下公事陪他玩耍；而他則是一心只想著玩樂的調皮孩子，自然沒辦法像靜刃一樣每天面對嚴肅的公事。靜刃大多時間都縱容著他去玩耍，獨自一人承擔王的事務。

「哥哥，當王好辛苦喔，你不累嗎？」

「你也只有我陪你玩的時候，才會喊我一聲『哥哥』。」

靜刃淺淺一笑，神情沉穩的不像個五歲模樣的孩兒。但他卻沒有正面回應靈風的問題；靈風也沒有注意到這點，而是逕自沉浸在兄長終於能陪他玩樂的喜悅之中。

「因為這個時候，哥哥才是哥哥，而不是那個整天忙碌公事的精靈王啊。」

靈風拉著靜刃，帶著他跑遍了村莊附近玩樂，或是追逐鳥雀，或是觀看風景，或是爬上樹梢……

這一天，靈風和靜刃都過得很快樂、很開心。

就在這天快要結束前，靜刃忽然感嘆道：「靈風，希望你以後也能繼續保持這樣的快樂。」

「我也希望哥哥能每天和我一樣開開心心的！」

「你開心，我就開心。好了，時間晚了，我們回去吧。」

靜刃伸出了手，拉住了他的雙生兄弟。

兩個小小的人影，穿越了林間，一同漫步回了他們生長的村莊。

靈風跟在靜刃身旁，因為兄長的存在而感覺溫馨。

那握著自己的小小手心是那樣的溫暖……

＊＊＊

忽然有什麼硬邦邦的東西砸上了臉龐，讓靈風自那美好的夢境中驚醒了過來。而當他一動作，那些不知何時群聚在他身旁的鳥兒也跟著被驚擾，展翼飛離了他。

靈風摀著刺痛陣陣的鼻梁，想找到是什麼東西打擾了他的美夢。

——那是一顆橡實。

樹梢上傳來了松鼠唧唧叫著的聲音，時不時有幾隻松鼠探頭出來觀望。

看樣子應該是松鼠無意為之的舉止，只是靈風還是有些氣惱和無奈。方才他好像做了個夢，那是他記憶中最美好的回憶之一，沒想到卻被吵醒了！可惡！

長長一嘆，靈風再次躺了回去，伸出夢中被靜刃牽著的那隻手。

依稀還能感覺到夢中被兄長拉著手的溫暖感觸，只可惜，那些終究只有在夢裡能夠回味了。

「哥哥，你在別的世界，過得好嗎？」

夢見靜刃，靈風不由得惆悵了起來。儘管在異界有接觸不同的精靈族，可惜裡頭卻沒有一位神似靜刃的存在。

自從戰爭結束、回歸新界以後，他頓時有種失去目標的茫然感。

……日後，他該何去何從呢？

重新當一名星盜？只是左思右想後，他覺得有些倦了，提不起勁。君兒不久後也要結婚了，想必不會有多餘的時間分給他這位哥哥。留下的族人也無須他擔心，大家都過得很好。

靈風想了許久，發現自己竟然無事可做。

雖然靜刃在永逝前希望他能夠自由的為自己而活，但卻沒有告訴他，當沒有方向以後，他該怎麼辦。

懷抱著這樣的茫然，靈風最後又回去了卡爾斯的星盜團。雖然認識了新朋友阿薩特，但總覺得，生活缺少了一份能讓他煥發熱情與活力的關鍵……

不久後，戰天穹送來了喜帖，靈風自然也在受邀人士之中。

看著戰龍在戰族的祖祭日上宣布了戰天穹的身分，親手將他的姓名與功績寫回祖譜，靈風也不由得為戰天穹感到歡喜。

之後的結婚更是將整個祖祭日推向一個高潮，而在這之後，靈風忽然更感空虛。老大還能去找戰龍喝酒，緋凰她們去見了塔萊妮雅，只留下他一個人……

最後，靈風找上了巫賢。

「……怎麼？」巫賢顯然沒有預料到靈風會來找他。他此時正因為女兒嫁出去了，傷心難過得很。

靈風直接提出自己的來意：「白金大人，我想和你談談關於平行次元的事情。」

巫賢看了他一眼，說道：「你想找到你兄長在其他平行次元的角色？」

「嗯。因為我曾在黑洞另一頭的異界遇見不同於我族群的精靈族，所以我想要問問……那個異界，有可能是白金大人你所說的平行次元嗎？」

「我可以告訴你，那裡並不能算是我們這個世界的平行次元。真要解釋的話，你可以理解我們身處在A宇宙，而那個異界，只不過是這個A宇宙中另一個存有生命的星球而已；要前往平行次元一般來說是被禁止的，那會觸犯宇宙法則，你的存在將會干涉那個世界的命運運行……如果你想要前往別的平行次元，我勸你最好不要那麼做，除非你想被宇宙意識追殺。」

巫賢的回答有些冷酷，不過這是事實。

「沒有其他的方法可以前往其他的平行次元嗎？當時你不是帶著牧小姐一起來到這個平行次元？那一定也有辦法可以讓我前往別的平行次元吧？」靈風繼續追問，他不想放棄那一丁點的希望。

巫賢淡漠的掃了他一眼，難得語出解釋：「那是因為我是我們巫族最後一位傳承者，所以我有更動命運的能力。但你呢？你雖然因為你兄長的自我犧牲，所以得以掙脫精靈王的永世宿命，但顯然你沒有繼承精靈王的記憶，自然也不知道你兄長所掌握的那更改命運法術是如何運作的吧？」

靈風沉默了。

確實，他不懂。而且靜刃使用的那種禁忌命運更改之術，連族中圖書館的禁術紀錄室裡都沒有留存。顯然，靜刃並不希望他掌握那樣的法術。

「是還有一個方法……」

巫賢未完的話語讓靈風又有了希望。

「和龍族一樣，成為宇宙仲裁者，這樣你就擁有了由宇宙意識賦予的能夠穿越無數平行次元的能力。」巫賢的目光極冷，「只是這樣一來，你很有可能會成為我們的敵人。」

「呃，那還是算了……」靈風無奈的結束了這場對話。

之後的日子，靈風偶爾會回到「永夜之境」住上一段時間，又或是回到星盜團裡幫忙卡爾斯，不然就是在滄瀾學院擔當教官或者是協助巫賢工作。

生活漫無目標，讓他覺得枯燥乏味。

直到，那個孩子的誕生……

看著那在自己眼前敞開的異樣門扉，靈風激動得渾身顫抖。

黑髮赤眸的三歲男孩，用著與稚嫩容貌截然不同的冷漠語氣，對著靈風發問道：「你準備好了？」

他被戰天穹抱在懷裡，模樣竟與戰天穹有七分相似。

「是，我準備好了。」靈風深吸口氣，展顏微笑。在歷經了那麼久之後，他終於找到了人生的目標。

「那麼，作為代價，你將會完全遺忘有關你兄長的一切記憶。讓我看看，你是否能在那茫茫人海中，找到屬於你兄長位於其他平行次元裡的存在。」

男孩的指尖亮起了光點，卻沒有動作，而是抬頭仰望戰天穹，似是在等候著什麼。

戰天穹看著靈風，眼神不經意的帶上幾分沉重。「靈風，這樣好嗎？忘記靜刃，換來成為宇宙仲裁者的機會……」

靈風的笑容盡是瀟灑，似乎不認為遺忘回憶是一件很可怕的事情。

「只是忘了回憶而已，但我的心、我的靈魂永遠記得他，記著我靈魂雙生的哥哥，我的靈魂永遠不會忘記他的，我一定會透過我們彼此靈魂的呼喚，再一次找到他。」

「別擔心我。有機會的話，相信我們以後會在無盡的平行次元之中再次見面的，就麻煩你向君兒轉達我的歉意了，沒能向她親口道別真是抱歉。畢竟，他也不樂意被人那麼早知道他的身分吧。」靈風看了戰天穹懷裡的小男孩一眼，神情帶著幾分玩味笑意。

這時，一陣風由靈風背後吹了過來，彷彿在催促著他走進那扇通往另一個平行次元的門扉。

「風之所向，便是我心所向……」靈風感覺著風的流動，輕聲呢喃。

哥哥，我來了。

就算忘了你，我的靈魂也一定會讓我再次找到你。

因為，我們可是靈魂雙生的兄弟啊！

男孩指尖上的光點落到了靈風身上，靈風堅定的背影在不久後踏入了門扉之中。

戰天穹與男孩沉默了許久，直到門扉消失，男孩才用著幾分不解的語氣，問道：「……為什麼？對你們人類而言，記憶不是萬般珍貴的事物嗎？為什麼能說放棄就放棄？你也是，當時你為什麼要要求我洗掉魔女關於你的記憶，就為了不願她為你傷心？」

戰天穹看著男孩那雙遺傳自他的赤紅眼眸，認真的回答道：「因為，還有比這更重要，值得我們犧牲那對我們無比重要的回憶去追求的事物存在。」

「那是我們人類所謂的『執著』。」

男孩沉默了許久，才語氣淡漠卻又有些肯定的開口說道：「是……『感情』嗎？這就是魔女之所以背離宇宙意識的原因？我想，我好像明白一些了……」

「你總會明白的，這不就是你轉生於此的目的嗎？」戰天穹輕輕的笑著，緊了緊擁著男孩的手臂。「該回去了，不然你媽媽會擔心的。」

男孩靜靜的看著靈風離開的地方，眼帶深思。

他想到這段時間靈風對他的好，雖然靈風一開始不知道他的身分，卻是真心疼愛他、喜歡他。這讓他有種……不知道該怎麼言述的感受。

那是他過去未曾有過的感覺，這就是人類的「感情」嗎？

不知怎的，他內心有種衝動，要他替離開的靈風做一些事。

男孩抬指，指尖上頭淡淡的光點一閃而逝。

「我只是給了你一個機會，你認不認得出你想找的人，就要靠你自己的努力了。」男孩輕聲低語道。做完這樣的舉止，男孩困惑的看著自己的指頭，不解為何自己會違反規定，暗中給予靈風協助。

戰天穹揚起一抹笑，說道：「驅使你去做出那樣協助的就是『情感』了。慢慢來吧，你總會懂的。」

男孩點點頭，決定不再煩惱那些。他靜靜感受著那拂在自己臉龐上的微風，享受著那樣的舒適感受，同時輕聲低語道：「去吧，傾聽風的聲音。風會指引你前往那個人的身邊……」

這是他留給靈風的祝福。

Chapter 14

羅剎：愛是一種溫暖

「妳確定這樣就好？其實我可以幫妳延續性命的，只是要付出一些代價而已。」巫賢推了推眼鏡，看著床榻上病弱的雪薇，語氣有著嚴肅。

雪薇勉強的搖了搖頭，雖是面色憔悴，眼神卻有著堅定。

「這樣……就好了。我有生之年，也不過是希望等他醒來而已……可惜……」

雪薇沒能把話說完，病床旁那些連接在她身上的醫療儀器，就發出了病患生命徵象陷入危急指數的警示聲。

雪薇陷入彌留狀態。

牧非煙站在一旁，神情哀傷。

在羅剎毀壞、沉睡的這段時間裡，一直是羅剎昔日的得力助手雪薇，協助巫賢和牧非煙重新讓滄瀾學院的運作重回軌道。

只是雪薇本身在修煉上沒有天賦，也一心將注意力放在學院運作上，時間一長，她終究還是抵擋不過歲月的拖磨，面臨死亡這個關卡。

或許羅剎並不知道，那始終靜靜立在他身後協助他的秘書小姐，一直偷偷愛慕著他吧？

在不知不覺間，那渴望愛的神陣本靈，其實早已得到了某位女性的真情相屬。只可惜……羅剎並不知道；而雪薇，也沒那個機會將自己的一份真心說出口了。

兩天後，雪薇的喪禮在滄瀾學院內部舉行。

她已經交代完了後事，也因為生平一心奉獻給了滄瀾學院，與親友沒有太多往來，所以前來弔唁的親友並不多。就連她的父母也早已逝去，巫賢和牧非煙有感於她這些年對滄瀾學院的付出，所以便協助主持這一次的喪禮進行。

一段時間過去，雪薇就這樣悄悄的下葬了。

有時候，生命就是一場遺憾。

雪薇苦苦等著羅剎能夠復原甦醒，可惜直到死，都沒能等到他。

在雪薇死後，便由戰龍介紹而來的塔萊妮雅接手她的工作。

幾年過去，塔萊妮雅嫁給了戰龍，又將校長秘書的工作交給了下一位繼任者。只是巫賢和牧非煙還是忍不住懷念最早期的那位秘書雪薇。

或許是因為她對羅剎的感情，讓她也很是敬重的照顧巫賢兩夫妻，多少彌補了巫賢兩夫妻在女兒君兒失蹤、兒子羅剎沉眠後的空虛寂寞。

巫賢不是沒想過要為雪薇更改命運，但由於雪薇心中最重要的人便是羅剎，唯恐更動命運會對羅剎造成影響，巫賢只得放棄這樣的念頭。

不久後，在巫賢和牧非煙的努力下，才勉強補回了羅剎一部分的本源圖騰。但巫賢擔心若是自己繼續這樣人工補完，會將那自然而然生成靈智的羅剎改造成全新且陌生的存在。他只得停止修復，讓羅剎的本源圖騰進行自我復原。

此時的羅剎，雖然能夠重新幻化出形影，卻如同操線木偶一般，沒有自我思維。但對巫賢兩夫妻而言已是卓越進步。

歲月無情，自龍滅戰爭百年過去，雪薇的墳頭只剩下巫賢和牧非煙兩人會去打理與祭拜懷念了。

羅剎的情況，直到君兒的婚禮結束之後才開始好轉起來。只是，羅剎這段自我修復的時間，卻仍是花了百年……

當羅剎真正醒來時，他生平第一次體會到了何謂「滄海桑田」。

他站在雪薇的墳前，神情複雜。

為什麼他沒有注意到雪薇喜歡他呢？

「我很抱歉……」在得知雪薇等了他一生最後含恨而逝時，羅剎內心有著愧疚，還有一種難以解釋的痛楚。

他忍不住想起了他應徵新任秘書時，當時與雪薇的談話。

＊＊＊

「要替我工作，首先妳得管好妳自己的心，不能愛上我哦。因為，我不懂得什麼叫作『愛』，所以沒辦法回應妳，愛上我只會換來傷心而已。我上一任秘書就是因為愛上我所以耽擱了公事，我不希望得經常更換秘書，那會對我造成困擾。」

羅剎輕輕的笑著，不忘觀察著眼前神情冷漠、打扮得中規中矩的女子。

女子推了推鏡框，眼神沒有因為他的發言而有任何一絲波動。

「請放心，校長大人，我雖然欣賞您的長相，但您不是值得我託付後半生與一顆真心的理想對象，我不會浪費我的時間在您身上。」

「現在，可以談談我的待遇以及之後的工作內容嗎？」

羅剎這才滿意的笑了，在與這位名為「雪薇」的女子商談後，便簽下了工作合約。

雪薇表現的得體合宜，不像以前的秘書總會在過一段時間以後，因為愛上他而在公事上有任何不妥的表現。這讓羅剎很滿意。

隨著時間越久，羅剎也不介意讓這位被他評價滿分的秘書小姐知道一些有關他的更多事情——例如他能夠變化為男孩的模樣，與她談論起他還有一位妹妹以及父母親的事情。

雪薇總是靜靜的聽著。

羅剎認為雪薇只是將自己當作了工作夥伴，便也將對方當成了「紅顏知己」一類的存在；殊不知，雪薇只是極其擅長隱藏情感而已……

是什麼驅使著她，拋開女子的一世芳華，埋首枯燥乏味的工作之中？

羅剎從來沒有想過這件事。

或許是因為他不懂愛，所以不知道該怎樣回應過去那些女子對他的愛慕，而在面對雪薇這樣溫柔卻又沉默的陪伴時，他只是單純的感覺舒適與信賴，卻不知，自己偶爾展現出來的茫然與對情感一事的好奇與嚮往，竟是雪薇就此淪陷的主因。

寧願隱瞞自己的一顆真心，也不願被開除就此離開羅剎身邊。這便是雪薇最深刻的心情。

＊＊＊

「不是說了，不要愛上我嗎？」

羅剎苦澀的笑著，抬手輕觸那有些風化的墓碑。

他懂親情與友情，卻唯獨不懂愛情啊。

直到此時，羅剎才知道自己失去了何其多。

在聽見雪薇死去以後，有一段時間他的意識都是空白的。那並不是因為本源圖騰還未完全復原，而是因為太過震驚所導致。

對那位默默為他工作的女子，羅剎說不出來是什麼樣的感覺。

有點愧疚遺憾、有些感嘆可惜……

他知道自己其實很喜歡雪薇，但並不曉得那種情感是否能被稱作男女之間的愛情。可雪薇卻是這幾千年來他唯獨願意向對方傾訴秘密的對象，可以說，雪薇在他心中占據著某種重要的地位。

如果自己能夠察覺雪薇的心意，或許他願意敞開心，向她學習何謂「愛情」也不一定。

只可惜，伊人已逝。

「羅剎。」

巫賢帶著淡淡憂心的話語自羅剎身後傳了過來。

羅剎沉默了一會，這才從雪薇的墳前站了起來。

「爸爸。」他靦腆的呼喚著巫賢，臉上表情已然化作平靜。

傷心嗎？有的。

痛苦嗎？或許。

遺憾嗎？也有一些。

只是想起了雪薇過去帶給他的包容與沉默的溫柔，心中流過了自己曾被某個人愛過的溫暖。

明明以前在知道自己被別人愛慕時，內心都不會有這樣的感覺，為什麼在知道雪薇愛著自己之後，內心會是這樣的滿足呢？

或許，那是因為以前其他女子對他的愛慕，渴望他的回應與愛，但他恰恰最不懂得該如何回應他人的愛，所以不會因此被感動；而雪薇，只是無私的奉獻自己的一顆真心與感情，從不向他討要什麼——也就是因為這樣無條件的愛，才會讓他感覺到那被愛著的幸福吧。

被人愛著，原來是那麼溫暖的感受；那愛著人的另一方，會是什麼樣的感情？羅剎忽然有種衝動，想要去嘗試愛一個人。

巫賢見羅剎恢復了昔日的靦腆與平靜，有些擔心。

「你還好嗎？」

「爸爸，我很好。雖然心的地方隱隱作痛，但卻又有一種溫暖的感覺存在。我知道這個世界還有除了爸爸媽媽還有妹妹以外的人愛著我，頓時有一種無法形容的滿足在心頭蔓延。只是，還是有種遺憾的感受……」

羅剎輕輕的笑著，雖然他還沒辦法真正理解「愛情」是怎麼一回事，但「愛情」一定是像雪薇帶給他的溫暖感受一樣，能夠溫暖另一個人。

面對自己的完美造物對「愛情」一事有了新的認知，巫賢既沒有介入、亦無提醒。唯有羅剎自己親身經歷過，他才會明白那驅使著人創造奇蹟的情感究竟為何物。

或許總有一日，羅剎也能夠遇上讓他真正了解愛與付出愛的對象。

巫賢聽著羅剎言述對未來的期望，忍不住想起了辰星與噬魂。若不是他們曾在前世相遇，辰星在死時對自己的懦弱感覺遺憾，才會有期許自己能夠堅強並且換她來愛噬魂的發願；這一生的君兒和戰天穹，終能因為辰星最後的宣言而得以堅強，並且以愛溫暖了戰天穹冰冷的心扉。

有時候，遺憾是一種成長的動力。

這對羅剎何嘗又不是一個了悟感情的契機？

羅剎忽然問道：「爸爸，你說，輪迴真的存在嗎？」

「死亡並不是結束，而是一個新的開始。」巫賢給出了解釋。這也是他對命運與宇宙的認知和理解。

可惜，他們這些罪人若是死了，那就是永遠的消亡。因為觸犯了宇宙法則，所以他們的靈魂將會被永遠抹殺，不像尋常人在死亡之後還能得以進行新的輪迴與開始新的生命。

「那，我總有一天還會再遇到雪薇吧？」羅剎的神情不由得帶上了幾分欣喜。

巫賢推了推眼鏡，反問道：「見到她以後又能如何？」

「我不知道。」羅剎笑著，臉上只有坦然。「或許我會像辰星在死前向噬魂說的那樣，下一世換我來愛雪薇也不一定？但在那之前，我想我得試著去回應那些愛慕我的女人的感情，讓我了解更多有關於『情感』這方面的知識。這樣，我才能夠在再次遇到雪薇時，認清我對她的情感是否為愛情。」

曾經，有一個名喚雪薇的女人愛過他。

無悔一生，沉默付出。

她留給羅剎的，除了記憶以外，還有驅使著羅剎最後得以成為「人」的一份真心。

雪薇那樣無悔付出的愛在羅剎往後的生命中，影響深遠。

羅剎過去雖然不停的想要了解感情、想要成為人，但雪薇的那份愛，卻是真正使羅剎得以掌握感情的重要關鍵。

或許，日後羅剎若有機會再次遇上雪薇的轉世，他也能給出愛情了吧？

Chapter 15

尾聲：前進未來

「來，滅羅，爺爺抱。」

巫賢笑容滿面的逗弄著眼前坐在沙發上的七歲男孩。

小男孩有著一頭遺傳自母親的黑髮，赤色的眼眸則是遺傳自父親，稚嫩的小臉與父親有七分相似。此時他微微蹙眉，顯然不怎麼喜歡被自己的親生爺爺這樣對待。

戰天穹坐在一旁，饒有興致的看著巫賢怎麼哄他兒子。那對他始終不假辭色的巫賢，在面對他兒子時簡直就像是被馴服的野獸一樣。

不知道如果巫賢知道滅羅的身分以後，會是怎樣一個表情？

「不要。」男孩皺了皺眉，語氣冷漠的拒絕了巫賢。

「跟你媽一樣是個拗脾氣，不過我喜歡。」被男孩這樣排斥，巫賢不但沒有反感，反而歡喜得緊。

男孩眼角一抽，反身抱住了父親，語氣沉悶的提出自己的要求來：「爸，我想回家。」

「不行。」戰天穹安撫似的拍了拍男孩的背，神情盡是父親特有的慈愛與溫柔。「你媽媽說今天你一定要把事情跟爺爺說清楚，不然不准你回家。」

戰天穹像是想到了什麼，也是面露無奈：「包括我也是。」

唉，君兒不久前才知道兒子的真實身分。她在震驚之餘，也因為他這位知情人對她有所隱瞞而倍感不悅。於是乎，他們兩父子就被君兒踢出家門，要他們向巫賢坦承，好解決巫賢內心長久以來的憂心牽掛。

戰天穹看著這個躲進他懷裡、想藉此迴避巫賢擁抱的兒子，嘴角有著一抹為人父親的欣喜笑容。

這是他和君兒的孩子啊！

他們結婚許久之後，才終於有了孩子。

戰天穹忍不住想到君兒剛懷孕沒多久，自己在腦海中聽見的聲音——那孩子，在孕育時期就能夠主動跟他對話了，而君兒似乎不知道這件事。

當時那孩子表明來意與身分的發言，確實讓他震驚，但那又如何？

孩子始終是和他與愛妻血脈相連的骨肉，是君兒辛苦十月懷胎生下來的孩子，這樣就好了。

昔日，他父親沒能給予他一份父愛，成了他此生最大的遺憾。這一次，他便毫無保留的將自己的父愛全然給出，哪怕這孩子的身分與來歷特殊，但他一樣愛他。

這孩子名喚「戰滅羅」。

這名字，是他還在孕育期就和自己談好的姓名。

與其他的戰族人不同，戰滅羅的髮色竟然是遺傳自女方淚君兒的烏黑。戰族人的赤髮基因之強，這使得戰族千百年來大多都是赤髮之人，沒想到這一次戰天穹與君兒的結合，卻生下了這麼一個不同於其他戰族人的特殊分子。

戰天穹只能承認，君兒遺傳自巫賢的血脈基因恐怕比戰族還要強勢。雖然巫賢後來花白了髮色，但本來他是黑髮的。

而巫賢在知道戰天穹和君兒的孩子是黑髮之後，愣是欣喜了很長一段時間。

戰滅羅聽著父親的勸說，登時嘴角一抿，冷漠的表情變得糾結。

他猶豫了許久，才咬牙切齒的問戰天穹說道：「爸，一定要說嗎？」他看了在一旁笑得和藹可親的巫賢一眼，神情很是苦悶。

在越了解人類的情感之後，他也不由得患得患失了起來。

雖然前後得知他身分的幾人，都未曾改變過對他的態度，但每多向一個人坦承，也意味著自己有可能會失去對方的疼愛。

什麼時候他也會惶恐失去了？他可是——的存在啊！

戰天穹無奈揚笑，語重深長的提醒：「你媽媽說，你多拖一天，之後我們回戰族就多住一天。嗯，我想，你應該也不想和你那位整天想要跟你『兄友弟恭』的兄長多相處一日吧？」

戰滅羅聞言，臉色頓時變得鐵青，仔細觀察，可以發現他的表情是驚悚多過於嫌惡。那個男人、或者該稱作他的義兄，是他轉生為人以後，第一個感覺害怕驚慌、外加不願面對的對象。

——對於一個知道他的真實身分以後，還能毫無顧忌抱著他直親猛蹭的凶殘大叔，那樣熱情到有些過了火的愛，實在令人有些吃不消。

「知道了。爸你先說吧。」

戰滅羅嘆息了聲，冷著一張臉，雙手抱胸，靠在戰天穹懷裡。

只是那模樣看在巫賢眼中，說有多可愛就有多可愛。牧非煙在一旁看得淺笑連連，也是一臉柔和慈愛。

戰天穹輕咳了聲，試圖吸引巫賢兩夫妻的注意力。

就在巫賢皺著眉看向他時，戰天穹這才正襟危坐，神情帶上了一絲嚴肅與慎重。

「巫賢你還在擔心宇宙意識的反擊嗎？」

不知為何，戰滅羅在聽見「宇宙意識」一詞時，冷哼了一聲。

巫賢劍眉緊鎖，卻語：「我不想在孫子面前提這種嚴肅的話題。」

「恐怕滅羅知道的事比你們知道的還更詳細。而且這件事也與他有關。」戰天穹輕輕的摟著兒子，看著巫賢的眼神只有堅定，那是一種要巫賢絕對要聽下去的堅持。

巫賢覺得有些詭異，但隱約知道戰天穹似乎要說什麼重大事件，便拉過牧非煙，兩人並肩坐上了戰天穹兩父子對面的沙發上。

「巫賢，如果今天你遇見了一個沒辦法移除、只能面對的敵人，你雖然可以迴避他，但那個敵人的存在卻時刻如針扎著你的心，並且這個敵人還不斷做出妨礙你工作、甚至是為你帶來諸多困擾的事情，讓你無法安寧、心焦慮不已。無論你怎樣想摧毀對方，卻始終沒能如願。那麼最後你會採取什麼樣的形式去面對這個敵人？」

巫賢是個聰明人，自然知道戰天穹指的是何事。他瞬間陰沉了臉色。

「戰天穹，你這什麼意思？」

戰天穹沒理會巫賢的反問，而是逕自說了下去：「我想，宇宙意識一定對我們這些存在感到萬般棘手。與龍族不同，龍族祂還能夠控制掌握，但我們這些意念堅強的人類不停反抗祂的旨意，不停做出讓祂困擾與頭疼的行為舉止，祂一定對我們感到十分的苦悶難搞……」

「在短暫的接觸之下，祂不由得對本來視為眼中釘的幾名罪人起了好奇心。是什麼驅使著他們不停違抗命運？是什麼使得他們得以戰勝命運？人類的情感為何擁有這般強大的力量？……祂，對於人類的『情感』並不理解。在這個宇宙中，祂便是至高無上的主宰，沒有什麼祂不能理解的事物存在。」

戰滅羅忽然接過話，語氣帶著幾分傲慢的說道：「所以我誕生了。」

巫賢震驚的從沙發上站了起來，看著他最喜歡的孫兒，驚愕萬分；牧非煙更是瞪大了眼眸，不可置信的看著年幼的戰滅羅。

「如果無法毀滅，那就去了解、去融合，將那眼中刺融合成自己力量的一部分——這就是宇宙意識繼分裂出魔女之後，再次進行第二次靈魂分裂的主因——也是我之所以降臨此地的主要原因！」

戰滅羅第一次在自己的親人面前，展現了那不為人知的一面。

冰冷、傲慢、高高在上。

巫賢和牧非煙看著戰天穹懷中的年幼男孩，第一次不知道該如何反應。

那是他們的最大死敵，卻也是他們的愛女君兒孕育的孩兒！

宇宙意識害他們顛沛流離、害他們親手弒妹、害他們失去了許多……

戰滅羅不解巫賢內心的掙扎，繼續說道：「你們很強。雖然我並不是完整的宇宙意識，但與魔女不同，我擁有宇宙意識對你們的完整記憶。你們可以說是宇宙意識在管理這片宇宙以來，第一次遭遇到的能在祂的操弄之下，不停戰勝祂的考驗與束縛的存在。所以祂對你們非常感興趣……於是我誕生了，以這樣的形式來到你們身邊，嘗試了解你們與人類的情感究竟是怎麼一回事。」

巫賢看著戰天穹似是早知此事的坦蕩表情，不由得怒氣蒸騰。

「戰天穹，告訴我這是怎麼一回事？你是不是早就知道這件事了！這孩子、這孩子可是——」他氣惱不已，但內心更多的是糾結與矛盾。

他可是最疼愛滅羅的人啊！卻沒想到，他最疼愛的孫兒是宇宙意識的轉生體？！這他X的是怎麼一回事！

戰天穹臉上表情不變，沉著穩定的回覆巫賢道：「打從君兒懷孕的時候，我就知道她肚子裡的孩子是宇宙意識的轉生體了。但那又如何？」

他看著巫賢的眼神有著譴責與嚴厲。

「難道就因為這樣，所以我要恨他、甚至是殺死他嗎？他是我的孩子！是和我血脈相連的孩兒；而我是他的父親！身為他的父親，我有權力給予他身為孩子應得的父愛與關懷！滅羅降生的理由是為了希望能夠瞭解人類的情感，所以我一如他所願的愛他、疼他。我要讓他了解人類的『愛』是怎麼一回事。」

戰天穹的發言鏗鏘有力，絲毫沒有猶豫。

戰滅羅聽著自己父親的發言，本來冰冷的臉龐微微變得柔和。他之所以一開始就和戰天穹表明身分，其實也是一種考驗——考驗戰天穹是否會因為知道他的身分而對他抱以憎恨。

但戰天穹沒有！相反的，他給了自己更多的愛……

在轉生以後，戰天穹和君兒是第一個給他「愛」這份情感的重要存在。

這也是他之所以願意喊他們爸爸媽媽的主要原因。因為衝著他們對他的疼愛，那樣的稱呼，他們值得。

戰滅羅之所以沒有主動告知君兒關於自己身分一事，多少是不希望自己在被孕育時，失去母親對他的愛與包容溫暖，那會對他的轉生造成一定的阻礙與殘缺。但真正讓他心暖的是，不久前

母親知道了他的身分，她雖然生氣，卻僅僅只是揍了他一頓屁股，然後就要他自己來向爺爺巫賢解釋一切，讓巫賢能夠放下內心的罣礙。

「但他害死了辰星！」巫賢痛心疾首的吼道。

他看著戰滅羅的眼神，有著失望與痛苦。顯然，他實在沒能接受自己曾經疼愛的孫兒是為過去死敵的身分。

戰滅羅微微低垂了眼，試圖掩飾那一閃而過的失望。戰天穹忽然抱了抱他，讓戰滅羅仰頭看向自己的父親。戰天穹的眼中只有安慰與溫柔的情緒。

「但你們的存在造成了更多人的不幸。」戰滅羅低低的回了一句。

巫賢面色瞬間漲紅，隨後像是破了個洞的氣球一樣瞬間萎靡，坐倒回了沙發上頭。牧非煙這才從震驚中回神，緊緊抱著自己丈夫的手臂，示意要他不要衝動。

彼此之間的氣氛僵硬，最後，戰滅羅才輕輕一嘆，拉了拉戰天穹的衣袍。

「爸爸，我想回家了。」他的語氣不經意的帶上了幾分孩子特有的撒嬌音調。

「好，我們回家。」

戰天穹抱著戰滅羅站起身，卻是冷漠的瞪了巫賢一眼，顯然對巫賢的態度很是失望。儘管他可以諒解，但巫賢終究沒有那麼大的肚量，接受昔日的敵人成為自己的孫兒。

戰天穹兩父子的身影轉瞬消失的空間裂縫之中。

巫賢雙手掩面，痛苦得全身顫抖；牧非煙看他這樣，雖然有著焦急，卻也知道這是巫賢必須跨越的關卡。

宇宙意識、不、或者該說戰滅羅的降生與這樣的選擇，無疑表態了祂已經放下了對他們的敵意與意欲毀滅的念頭，而是選擇和平共處。

只是看樣子，巫賢還有很長的一條路要走。

＊＊＊

戰天穹抱著戰滅羅回到戰族後山上，昔日他放置巨石塚的山谷裡。

這裡在經過修整後，建立了一棟小屋，是他和君兒婚後至今共同的居處。

在屋前，一名黑髮及臀的成熟女子站在門前，似是在等候什麼。

「回來了？」此時的君兒已然成為一名成熟又優雅的女性，她看著丈夫與兒子相偕歸來，便綻放一抹溫柔的笑容歡迎兩人。

只是她隨後看著戰天穹那冷到極致的表情、以及戰滅羅小臉上的些微失落，得知了他們這趟出行的結果。

君兒不由得苦澀一笑，上前擁住了兩父子。

「爸爸有他的苦衷，他承受了太多太多了，請別責怪他。」

「我沒怪他，我早知道會有這樣的結局。」戰滅羅微微垂目，語氣平靜：「這個宇宙裡頭，總有一些事無法調和緩解。」

「你還有我們。」戰天穹心疼的抱了抱自己的兒子。

君兒捧起戰滅羅的小臉，在他額上落下淺淺的親吻。「我相信只要爸爸走過他內心的關卡，他一定會恢復本來對你的疼愛的。」

這時，木屋的門扉忽然「碰」的一聲打開了。

男人粗獷的喊聲傳了出來：「哦！親愛的滅羅弟弟，莫非爺爺讓你傷心難過了？快來你哥哥懷裡，讓我安慰你啊！」

戰滅羅本來冷靜的臉龐登時一僵，手忙腳亂的就想從戰天穹懷裡掙脫。

「為什麼你這傢伙會在這裡！」他神情驚慌失措，如臨大敵。「爸，快放開我！」

看著這一幕，戰天穹忍不住輕笑出聲，君兒更是忍俊不禁。

戰龍三步併作兩步衝了上來，君兒很識相的讓開了位置，讓戰龍一把將自己的養父和義弟大刺刺的抱進懷裡。

「哦我可憐的弟弟——來，哥哥親一個。」

「滾！你的鬍渣刺得我很不舒服！」戰滅羅吼叫出聲，同時不忘向母親求援，「媽，有怪叔叔！」

「哎，別這樣，我可是這個宇宙中唯一能用鬍渣讓宇宙意識投降的偉大男子漢！有我這樣的哥哥，滅羅你應該要感覺榮幸！」

「你、你——」戰滅羅氣得不知該做何言語。這不倫不類的發言讓他在驚愕之餘，不由得又感覺到了幾分好笑。

戰龍的臉皮之厚，由此可見。

君兒大笑出聲，上前挽住丈夫的手臂，兩夫妻笑盈盈的看著這對兩兄弟異於常人的互動模式。她和戰天穹都知道，戰龍是在用這樣的方式試著讓那由宇宙意識直接轉生的滅羅，加速融入他們的家庭之中。

效果當然是非常好，只是，卻在滅羅心中造成了無可抹滅的陰影。

山林間，戰天穹一家四口其樂融融……

＊＊＊

許久以後，戰滅羅向他的父母親提出了一項提議——

「成為宇宙仲裁者吧。但這一次我不會像操控龍族那樣操控你們的意識，我給你們權限與能力，讓你們得以穿梭不同的次元時空，以你們的心與親身經歷，決定給發生狀況的世界毀滅或者是繼續留存的權利。」

「往後，我不會再用敵對的目光對待駁逆命運之人，我會試著讓那些存在成為我管理宇宙的助力。」

昔日，那冰冷如機械一般無情的宇宙意識，終於在了然情感之後，成了懂得如何去給出愛的至高存在。

這個宇宙，興許會開始有些不一樣的變化吧。

於是，君兒和戰天穹踏上了新的旅程。

或許他們在其他世界裡，會再次遇到失去記憶但已然找回兄長的靈風，又或者會遇見更多不一樣的人事物。

前進未來吧，奇蹟永不停歇。

《星神魔女番外篇》全文完

不思議 2014
新春主打
尋寶女仙我最行!!
芙蓉仙傳
竹某人◎著
MO子◎繪
什麼?第一部沒看過?!
快快去收藏來看唄~

飛小說系列087

星神魔女番外
愛戀＊永恆的星星

出版者■典藏閣
作　者■魔女星火　繪　者■多玖實
總編輯■歐綾纖
製作團隊■不思議工作室
郵撥帳號■50017206 采舍國際有限公司（郵撥購買，請另付一成郵資）
台灣出版中心■新北市中和區中山路2段366巷10號10樓
電　話■(02)2248-7896　傳　真■(02)2248-7758
物流中心■新北市中和區中山路2段366巷10號3樓
電　話■(02)8245-8786　傳　真■(02)8245-8718
ISBN■978-986-271-453-9
出版日期■2014年2月

全球華文國際市場總代理／采舍國際
地　址■新北市中和區中山路2段366巷10號3樓
電　話■(02)8245-8786　傳　真■(02)8245-8718

新絲路網路書店
地　址■新北市中和區中山路2段366巷10號10樓
網　址■www.silkbook.com
電　話■(02)8245-9896
傳　真■(02)8245-8819

☛您在什麼地方購買本書？☚

1. 便利商店（________市／縣）：☐7-11　☐全家　☐萊爾富　☐其他______________

2. 網路書店：☐新絲路　☐博客來　☐金石堂　☐其他____________

3. 書店（________市／縣）：☐金石堂　☐誠品　☐安利美特animate　☐其他_______

姓名：__________地址：____

聯絡電話：________________　電子郵箱：______________________________________

您的性別：☐男　☐女　　您的生日：西元__________年__________月__________日

（請務必填妥基本資料，以利贈品寄送）

您的職業：☐上班族　☐學生　☐服務業　☐軍警公教　☐資訊業　☐娛樂相關產業

☐自由業　☐其他____________

您的學歷：☐高中（含高中以下）　☐專科、大學　☐研究所以上

☛購買前☚

您從何處得知本書：☐逛書店　☐網路廣告（網站：______________）　☐親友介紹

（可複選）　☐出版書訊　☐銷售人員推薦　☐其他____________________

本書吸引您的原因：☐書名很好　☐封面精美　☐書腰文字　☐封底文字　☐欣賞作家

（可複選）　☐喜歡畫家　☐價格合理　☐題材有趣　☐廣告印象深刻

☐其他____________________

☛購買後☚

您滿意的部份：☐書名　☐封面　☐故事內容　☐版面編排　☐價格　☐贈品

（可複選）　☐其他

不滿意的部份：☐書名　☐封面　☐故事內容　☐版面編排　☐價格　☐贈品

（可複選）　☐其他

您對本書以及典藏閣的建議____

____

____

✌未來您是否願意收到相關書訊？☐是　☐否

✎感謝您寶貴的意見✎

印刷品

$3.5
請貼
3.5元
郵票
不思議信箱
FUSIGI POST

235 新北市中和區中山路二段366巷10號10樓

華文網出版集團　收

（典藏閣－不思議工作室）

-愛戀※永恆的星星-

星神魔女

parallel